Tucholsky Wagner Zola Scott Sydow Freud Schlegel
Turgenev Wallace Fonatne Twain Walther von der Vogelweide Fouqué Friedrich II. von Preußen
Weber Freiligrath Kant Ernst Frey
Fechner Fichte Weiße Rose von Fallersleben Richthofen Frommel
Hölderlin
Engels Fielding Eichendorff Tacitus Dumas
Fehrs Faber Flaubert Eliasberg Ebner Eschenbach
Feuerbach Maximilian I. von Habsburg Fock Zweig
Ewald Eliot Vergil
Goethe Elisabeth von Österreich London
Mendelssohn Balzac Shakespeare Dostojewski Ganghofer
Lichtenberg Rathenau Doyle Gjellerup
Trackl Stevenson Hambruch
Mommsen Tolstoi Lenz Droste-Hülshoff
Thoma Hanrieder
Dach von Arnim Hägele Hauff Humboldt
Verne Hauptmann Gautier
Karrillon Reuter Rousseau Hagen
Garschin Defoe Baudelaire
Damaschke Hebbel
Descartes Hegel Kussmaul Herder
Wolfram von Eschenbach Schopenhauer
Dickens Rilke George
Bronner Darwin Melville Grimm Jerome
Campe Horváth Aristoteles Bebel Proust
Bismarck Vigny Barlach Voltaire Federer Herodot
Gengenbach Heine
Storm Casanova Tersteegen Gilm Grillparzer Georgy
Chamberlain Lessing Langbein Gryphius
Brentano Lafontaine
Strachwitz Claudius Schiller Kralik Iffland Sokrates
Katharina II. von Rußland Bellamy Schilling
Gerstäcker Raabe Gibbon Tschechow
Löns Hesse Hoffmann Gogol Wilde Vulpius
Luther Heym Hofmannsthal Gleim
Roth Klee Hölty Morgenstern Goedicke
Heyse Klopstock Kleist
Luxemburg Puschkin Homer Mörike
Machiavelli La Roche Horaz Musil
Navarra Aurel Musset Kierkegaard Kraft Kraus
Nestroy Marie de France Lamprecht Kind Kirchhoff Hugo Moltke
Laotse Ipsen Liebknecht
Nietzsche Nansen Ringelnatz
Marx Lassalle Gorki Klett Leibniz
von Ossietzky May vom Stein Lawrence Irving
Petalozzi Knigge
Platon Pückler Michelangelo Kafka
Sachs Poe Liebermann Kock
de Sade Praetorius Mistral Zetkin Korolenko

Der Verlag tredition aus Hamburg veröffentlicht in der Reihe **TREDITION CLASSICS** Werke aus mehr als zwei Jahrtausenden. Diese waren zu einem Großteil vergriffen oder nur noch antiquarisch erhältlich.

Symbolfigur für **TREDITION CLASSICS** ist Johannes Gutenberg (1400 — 1468), der Erfinder des Buchdrucks mit Metalllettern und der Druckerpresse.

Mit der Buchreihe **TREDITION CLASSICS** verfolgt tredition das Ziel, tausende Klassiker der Weltliteratur verschiedener Sprachen wieder als gedruckte Bücher aufzulegen – und das weltweit!

Die Buchreihe dient zur Bewahrung der Literatur und Förderung der Kultur. Sie trägt so dazu bei, dass viele tausend Werke nicht in Vergessenheit geraten.

Arnold Frank

Stephan Milow

Impressum

Autor: Stephan Milow
Umschlagkonzept: toepferschumann, Berlin

Verlag: tredition GmbH, Hamburg
ISBN: 978-3-8424-9202-8
Printed in Germany

Über Stephan Milow

Von Robert Reinhard

Am 9. März 1906 war für die feinsinnigen Literaturkenner ein Festtag seltener Art. Einer der bedeutendsten und doch wohl infolge seiner Gemütstiefe und Bescheidenheit wenig bekannten österreichischen Meister wurde 70 Jahre alt.

Einzelne hervorragende Blätter und Zeitschriften brachten »Jubiläumsartikel«, Professoren und Akademien beglückwünschten den Dichter zu seinem Ehrentage, aber im Volke, das leider gerade den tiefsten Dichter nur selten zu würdigen weiß, blieb es ganz still. Wie richtig sagt doch Milow in seiner letzten Gedichtsammlung: » *Fallende Blätter.*«

> Nur eigene Prüfung erschließt das Wesen,
> Man schaut die Dinge zu wenig an;
> Hat einer etwas darüber *gelesen,*
> So dünkt er sich schon ein weiser Mann.

Es waren einmal zwei junge österreichische Leutnants, der eine schwarz, der andere braun, die hatten nicht bloß zur Fahne, sondern auch zu den Musen geschworen. Darum hielten sie es beide nicht lange beim Truppendienste aus, sondern machten es wie früher oder später so mancher Musensohn im Offiziersrocke, wie *Detlev von Liliencron, Martin Greif, Karl Baron Torresani, Georg von Ompteda u.v.a.* Sie legten ihn ab und widmeten ihr ganzes Leben der Kunst. Leichter, als wenn sie beim Kriegerstande geblieben wären, ist es ihnen darum doch nicht geworden. Denn nicht die Kämpfe sind die schwersten, in denen die Menschen mit Schwertern und Schießgewehren einander gegenüberstehen: das innere Ringen eines dichterischen Geistes um seine Kunst und um die *Anerkennung* seiner Kunst ist vielleicht mit weit größerem Herzleid verbunden. Aber unsere lieben Leutnants wurden nicht müde darin, und als sie siebzig Jahre alt wurden, lag hinter jedem eine Reihe von Büchern, und jeder wurde von einer größeren oder kleineren Gemeinde von treuen Verehrern gefeiert.

Die zwei Leutnants und Freunde von Anno dazumal waren *Ferdinand von Saar* und *Stephan von Millenkovich*, der sich als Dichter *Stephan Milow* nennt. Bekanntlich ist der um drei Jahre ältere Saar am 24. Juli 1906 seinem Freunde und der Mitwelt durch den Tod entrissen worden. Ihre Leutnantszeit verbrachten sie gemeinsam in Wien, wohin Milow – der als Sohn des Kordonkommandanten in Orsova geboren und im Olmützer Kadettenhause erzogen wurde, – 1852 im siebzehnten Lebensjahre als frischgebackener Offizier ins 37. Linieninfanterieregiment eingereiht worden war. Bis 1870 lebte Milow in Wien, nachdem er sich schon 1854 aus dem Truppendienste in das Militärgeographische Institut zu wissenschaftlicher Verwendung hatte versetzen lassen. Er brachte es daselbst bis zum Hauptmann. Ein schweres Nervenleiden zwang ihn, den Abschied zu nehmen, worauf er sich mit Frau und Kindern auf dem kleinen Anwesen in Ehrenhausen bei Graz niederließ. Von 1880 bis etwa 1900 lebte er in Görz, seither aber mit seiner ihn sorgsam betreuenden Gattin in der nächsten Nähe Wiens, im reizenden Mödling; die Nähe Wiens war für ihn um so erwünschter, als einer seiner Söhne unter dem Namen *Max Morold* eine geachtete Stellung als Schriftsteller und Kritiker in Wien einnimmt.

Wie sein Freund Saar hat Milow auch in Wien singen und sagen gelernt. Die Anfänge beider Dichter sind für deren Entwicklung bezeichnend. Bei Saar die wuchtige Doppeltragödie »Kaiser Heinrich IV.«, bei Milow die Charakterstudie » *Arnold Frank*«, die im vorliegenden Bande an erster Stelle abgedruckt wurde.

Dieses novellistische Kunstwerk stellt ein vollwertiges und doch ganz selbständiges Gegenstück zu Grillparzers »Armen Spielmann« dar. Von irgendwelcher Nachahmung kann schon darum keine Rede sein, weil Grillparzers Novelle erst in der von *Laube* und *Weilen* im Jahre 1873 besorgten Gesamtausgabe dieses Dichters, also später als die Erstausgabe von »Arnold Frank« (1872) *weiteren* Kreisen zugänglich wurde.[1]

Die treue Freundschaft, die Milow mit seinem Freunde und Gesinnungsgenossen *Saar* durch mehr als fünfzig Jahre verknüpfte, schildert der Dichter selbst in folgenden schlichten Worten: »... Fer-

---

[1] Es sei auch hier auf den eingehenden Artikel im »Neuen Wiener Tagblatt« vom 9. März 1906 verwiesen.

dinand von Saar lernte ich im Jahre 1854 kennen. Wir waren damals beide blutjunge Leutnants und sahen uns zum ersten Male im Burgtheater. Zwischen den beiden Kameraden war bald ein Gespräch angeknüpft, und was auf der einen und andern Seite gesagt wurde, trug wohl dazu bei, es immer lebhafter zu gestalten. Wir merkten es einander an, daß wir uns in Literatur und Kunst mehr versenkt hatten, als es gewöhnlich bei jungen Offizieren der Fall ist. Endlich trafen wir uns ohne besondere Verabredung fast täglich im Burg- und manchmal auch im Hofopern-Theater. Natürlich führte dieser Verkehr zuletzt zu dem gegenseitigen Geständnisse, daß jeder von uns den Musen huldige; wir schlossen Freundschaft und teilten uns unsere dichterischen Versuche, zunächst lauter Lyrisches mit.«

Immer inniger wurden diese Beziehungen, so daß Saar dem Jugendfreunde zu dessen 70. Wiegenfeste bei Übersendung eines Lorbeerbäumchens die schönen Verse zurufen konnte:

>»Lorbeer, den wir einst erstrebten,
Aber doch nicht voll erlebten,
Grüne nun mit dunklem Schimmer
Dir im stillen Dichterzimmer,
Um im Alter dich zu mahnen
An vereinte Jugendbahnen.«

Beiden Freunden war die elegische Grundstimmung gemeinsam, der starke Einfluß, den die Philosophie *Schopenhauers* wenigstens auf deren Erstlingswerke ausübte. Je älter sie wurden, um so freier trachteten sie von dieser Philosophie zu werden, und jeder entwickelte in eigener Weise den Charakter seiner Persönlichkeit. Während aber Saar als der aktuellere Dichtergeist stets im Kontakte mit den Zeitströmungen blieb, hat Milow als der philosophische Denker stets seinen Gedanken den Stempel seiner Subjektivität aufgedrückt. Sein » *König Erich*« in dem gleichnamigen Trauerspiele ist nur ein »Arnold Frank« auf dem Königsthrone, das heißt: »Der seiner Aufgabe nicht gewachsene Mann in einer höheren Region.« – Über dieses bereits in zweiter umgestalteter Auflage vorliegende Kunstwerk schrieb vor Jahren die »Grazer Tagespost«, daß der vierte Akt dieses geschichtlichen, lebenswahren Trauerspieles sich kühn dem Schönsten anreihen kann, was die dramatische Literatur in dieser Hinsicht geschaffen hat. Es ist und bleibt eine beschämende Tatsache, daß Hof- und Provinzbühnen beständig über den Mangel gemütstiefer, historischer Charaktertragödien klagen, wo das anerkannt Gute so nahe liegt.

Milow hat in den herrlichen lyrischen Zyklen, die in seinen drei Gedichtbänden » Gedichte«, » Aus dem Süden« (Verlag von A. Bonz & Co., Stuttgart) und » Fallende Blätter« (Verlag von F. Leichter in Ohlau) wiederkehren, mit großer Zartheit alle Schattierungen der aufkeimenden und verwehenden Sehnsucht und Leidenschaft der Liebe besungen und darin Töne angeschlagen, wie es nur Künstlerhand vermag. Möchten sich doch weitere Kreise in diese Gedichte (von denen ein volkstümlicher Auswahlband jüngst von *Eduard Engel* in seiner trefflichen » *Geschichte der deutschen Literatur*« [S. 966 ff.] *mit allem Nachdrucke* verlangt wird) liebevoll versenken, dann würden auch sie den tiefen Dichter und Denker schätzen und verehren. Er gehört zu den treuesten Jüngern des Frankfurter Philosophen und rief dem Toten, dessen Bedeutung er auch in prächtigen Strophen verständnisinnig würdigte, die Worte nach:

»Abgründe weißt du kühn zu überbrücken,
Das Tiefstgeheime zeigt dir sein Gesicht,
Und du enthüllst es hohen Ernstes allen,
Die mit erglühtem Sehnen zu dir wallen.«

Doch hat die Weltanschauung Schopenhauers den Dichter nicht zum Pessimisten gemacht, so sehr ihn auch eigene körperliche Hinfälligkeit an die Eitelkeit alles Irdischen gemahnte. Milow, der sich in seiner Jugend im Wiener Burgtheater an den hehren Gestalten eines *Schiller* und *Goethe* mit derselben Begeisterung erwärmte, wie an dem von ihm früh erfaßten und hochverehrten Dichter *Friedrich Hebbel*, genoß das trauliche Familienleben in glücklichster Ehe mit einer wahrhaft edlen Frau – aus dem freiherrlichen Geschlechte der Reichlin-Meldegg, – der er in seinen Liebesliedern in oft rührender Weise gedenkt. Aus den hier in Frage kommenden Gedichten sei wenigstens das verbreitetste »Ewig« angeführt, wiewohl man aus diesen und ähnlichen in alle Anthologien übernommenen Liedern niemals die vielseitige Sprachkraft und Innigkeit des Sängers ohne

eigene gründliche Vertiefung in sein Gesamtwert auch nur ahnen
kann.

Ewig!

Aus tausend Knospen bricht die Kunde,
Es ist nur Täuschung aller Tod!
So klingt es schmetternd in der Runde,
So spricht das goldne Morgenrot.

Wir stehen unter Blütenbäumen –
Mit Jubel denk' ich's, daß du mein,
Ich rufe laut in sel'gen Träumen:
»O dieses Glück muß ewig sein!«

Da fallen welke Blüten nieder,
Es schauert leis der Lenz im Wind:
»Ja, ewig!« sagst du lächelnd wieder
Und blickst auf unser spielend Kind.

So erscheint der Dichter als wahrhaft guter Mensch, dessen Feu-
erseele nach Wahrheit ringt. Er betrachtet alles vom Standpunkte
der Ewigkeit und sieht in der Liebe einen »läuternden Feuerdrang«,
der jeden kleinen Schmerz, jeden kleinen Gedanken »all die Nich-
tigkeit des täglichen Seins« verzehrt. – Denn seine Gedichte legen
ein Zeugnis ab, wie der Dichter nicht nur mit körperlichen sondern
auch mit seelischen Leiden gekämpft hat, wie konsequent er sich
über den trostlosen Pessimismus, über das feige Verzagen empor-
zuringen wußte:

»Sprich nicht von Schmerz! Gleichst du den andern al-
len,
Die kommen, leben und dann ohne Spur
Nach kurzem Treiben in das Nichts zerfallen,
So trag es still! Was bist du der Natur,
Die Millionen fort und fort erneut?
Was liegt an dir, du Stäubchen ohne Wert,
Wie Jeder Tag sie achtlos rings verstreut?
Was soll dein Schrei, der Schonung heiß begehrt?

Doch bist du mehr und willst du dich von jenen
Als auserwählt und gottbegnadet scheiden,
So schäme dich der Klagen und der Tränen:
Dein Vorzug sei's und dein Besitz, zu leiden!«

Aber sehr bezeichnend sagt der Dichter von sich selbst: »Ein jedes Bittre, das der Kampf des Lebens mir verhängt, weckt neue Kraft in mir.« – So gelangt der Dichter allmählich zu einem schmerzlosen, ja fast heiteren Pessimismus, und in dem Gedichte » *Glücklos*« kennzeichnet sich sein ganzes Wesen:

»Glücklos bin ich, da umsonst ich ringe,
Da, was andre sich geholt so leicht,
Meiner hoffend ausgespannten Schwinge
Unerreichbar allezeit entweicht.

Glücklos bin ich, da voll Überschwanges
Aus der Brust umsonst mein Sehnen bricht,
Glücklos und so voll des tiefsten Dranges,
Doch, Geschick, *unglücklich* bin ich nicht!«

Dieselbe geschlossene Persönlichkeit, die uns schon aus dem ersten Bande der »Gedichte« (1865) entgegentrat, spiegelt sich auch in dem letzten Gedichtbande »Fallende Blätter« (1903) wider und klingt in folgende herrliche Worte aus:

»Einen Menschen möcht' ich lieben,
Einen Menschen möcht' ich bilden,
Wie der Künstler Menschen bildet:
Bilden ihn mit meiner Liebe,
Lehren ihn die Freud' am Schönen,
Lehren ihn, sich rein bewahren,
Immer milden Sinns und hold sein,
Lehren ihn des Herzens Treue,
Lehren alles Menschenwerte.«

Mag nun der Dichter das menschliche Ringen und Streben in Liebe, Hoffnung, Leid oder Entsagung zusammenfassen, mag er im » *Liede von der Menschheit*« den tiefsten Welträtseln nachforschen, aus jedem Gedichte spricht Wahrheit, Welterkenntnis und das ernste Bewußtsein des berufenen Sängers.

Peter Rosegger äußerte sich *bereits vor mehr als 20 Jahren* über die erste Gesamtausgabe der »*Gedichte*« Milows (1882) in seinem » *Heimgarten*«: »In diesem Gesamtbilde tritt uns nicht so sehr eine abgegrenzte Subjektivität entgegen, als vielmehr die Stimmung unserer Zeit. Der Dichter flieht sie scheinbar, diese Zeit, aber selbst ihr leiblich Kind, entgeht er ihr nicht. Hier die Sehnsucht nach der rettenden Gottheit; dort die Liebe zu den Mitmenschen und wieder das Evangelium des Eigennutzes; hier die fromme Naturanbetung; dort wieder die Erkenntnis, daß die äußere Natur in Beziehung zum Menschen herzlos ist. Hier die Glut der sinnlichen Leidenschaft, dort die kühle Philosophie des Entsagens ... So geht es fort auf der Tonleiter unserer modernen Stimmungen, so daß Milows Gedichte ein treues Abbild der Zeit geben, aber derart, daß sie im Zeitlichen künstlerisch das Ewige festhalten. Größte Anerkennung und Ehre verdienen die Liebeslieder, deren viele wegen der Tiefe ihrer Empfindung und Innigkeit an *Chamissos rsaquo;Frauenliebe und Lebenrlsaquo; erinnern und zum Allerbesten gehören, was die Weltliteratur in dieser Beziehung aufzuweisen hat.*«

Ich habe diesem Urteile Roseggers nichts hinzuzufügen, als daß sich diese künstlerische Eigenart Milows mit den Jahren nur noch reiner ausgestaltet hat und besonders in den geistvollen Sprüchen der letzten Sammlung, welcher der eingangs angeführte Vierzeiler entnommen ist, eine Fülle echter Lebensweisheit birgt, die versöhnend wirkt und die Harmonie zwischen Gemüt und Welt zu vermitteln geeignet ist.

Mit Recht bezeichnet *Eduard Engel* den Dichter als »*den bedeutendsten Sänger unter den Österreichern seines Zeitalters.*« Daß aber *Ferdinand Kürnberger*, dessen »*Literarische Herzenssachen*« und »*Siegelringe*« Dutzende moderner Essaybände aufwiegen, eben weil er auch selbst ein feinfühlender Dichter war, Milows künstlerische Bedeutung schon *vor drei Jahrzehnten* erfaßte, sollen nachfolgende kleine Bruchstücke eines mehrjährigen Briefwechsels erweisen, der kürzlich im »Jahrbuche der Wiener Grillparzer-Gesellschaft« (1906,

S. 246 ff.) im Druck erschienen ist. Schon der erste Brief beginnt in
folgender charakteristischer Weise:

Wien, 23. Jänner 1877 nachts.

Lieber Unbekannter!

Endlich wieder einmal ein Dichter, der mich an *Goethe* erinnert.
Wie mich das freut! – Sie wissen gar nicht, wie sehr Sie mir persön-
lich recht geben und Worte, die ich oft gebrauchte, bestätigen. – Es
ist die unbewußte Perfidie eines tierischen Instinktes in der heuti-
gen Verhimmelung und Vergötterung der »Klassiker«. Das
Schwindelgelichter braucht ihnen ja um so weniger zu gleichen, je
unnahbar ferner sie hinaufgerückt werden. Kann denn ein Mensch
»Götter« erreichen? Kann man das verlangen! Und so erschleichen
Sie sich indirekt und auf Umwegen ein milderes Verlangen und
Fordern ... Das war mir das überraschend Liebe und Süße, als ich
Ihre Gedichte durchblätterte. Sie haben es so leicht, so frei, so unbefangen, so im besten Sinne österreichisch und naturvoll, was uns
allen von der Ilm her fast in die Wiege gesungen ist. O wie kenne
ich sie, diese vertrauten Töne, die so bescheiden anschlagen, die so
maßvoll ausklingen, die soviel Tiefe und Leidenschaft haben, *ohne*
zu schreien, wahrend andere Schreier sie *nicht* haben ...

Ein wie inniges Freundschaftsbündnis allmählich diese beiden
umschloß, das beweisen Kürnbergers Briefe. Da es wenig bekannt
sein dürfte, daß dieser gestrenge Wiener Zensor und gefürchtete
Kritiker auch ein naiver, guter Mensch gewesen ist, so sei wenigstens der Schluß seines *letzten* Briefes, der von Graz am 8. Januar
1879 an seine lieben Freunde in Ehrenhausen abging, angeführt: ...

»Eigentlich ist es peinlich, Christkindlgaben zu kritisieren. Soll's
aber schon geschehen, so lassen Sie mich mit Freuden bezeugen
und das Zeugnis wiederholen, daß das Christkindl von Ehrenhausen Verstand mit Liebenswürdigkeit verbindet. – Die Mappe macht
mir recht viel Freude, und die Sachertorte gehört zu den wenigen
Weihnachtsnäschereien, die ich verdauen kann. Daß Sie erstere oft
und oft in meinem Reisetäschchen sehen werden, das erwarten Sie
übrigens nicht; dazu ist sie mir viel zu kostbar. Sie soll im edelsten

meiner antiken Möbelschränke wohlgehütet im geglätteten Lädchen ruhen, und nicht hinaus ins feindliche Leben, was ihrem zarten Teint und ihrer köstlichen Frische vorzeitig schaden könnte. Auch von meinen Schriften soll sie nichts zu sehen bekommen. Ich fragte das süße Kind soeben: Was willst du werden? und da antwortete es: Ein Kustos der Briefe von Stephan Milow! – Tausend Dank, meine Verehrtesten, was ich bald mündlich zu wiederholen hoffe. Viele Grüße auch für die Eltern und glückliches neues Jahr in der Höhe und im Tale des unsterblichen Hügels!

Ganz der Ihrige
Ferdinand Kürnberger.

Dies war der letzte inhaltsreiche Brief. Im selben Jahre stattete Kürnberger dem Freunde noch einen Besuch in Ehrenhausen ab, ging dann nach München zu Kaulbach, erkrankte dort und starb bereits am 14. Oktober 1879. In Mödling bei Wien, wo jetzt Stephan Milow lebt, liegt er begraben.

Vielleicht findet sich später einmal Gelegenheit, den getreuen Abdruck der geistvollen Kritik Kürnbergers, die über Milows »Gedichte« in der » *Gegenwart*« erschienen ist, zu bringen, worauf hier aus Raumrücksichten nicht eingegangen werden kann.

Man verzeihe, wenn getreu dem Spruche, daß der Appetit mit dem Essen wächst, anläßlich der vorliegenden vier Novellen, so ausführlich auf die leider noch nicht im Auswahlbande vorliegenden Gedichte eingegangen wurde. Aber schon *Martin Greif* sagt, daß »des Dichters schönstes Buch seine Lieder sind«. *Ferdinand von Saar* spricht von der Lyrik »als der Blüte und Krone der Dichtkunst«. Einer der feinsten Kenner wahrer Poesie, *Theodor Storm*, faßte seine Ansicht über echte Kunst in die Worte zusammen: »Am vollendetsten erscheint mir das Gedicht, dessen Eindruck zunächst ein sinnlicher ist, aus dem sich dann der geistige wie von selbst ergibt, wie aus der Blüte die Frucht.«

Von den vier Novellen, welche dem Publikum hier geboten werden, bilden zu den ernsten Stücken, der schon eingangs erwähnten Charakterstudie » *Arnold Frank*« und der Novelle » *Rache*« die so geistvolle, anbei erstmalig veröffentlichte Humoreske » *Gunter und Siegfried*« und die ergreifende Erzählung » *Die junge Mutter*« vollwertige Gegenstücke. Auf die letztgenannte, dem Sammelbande » *Frauenliebe*« (1893) entnommene Novelle soll im späteren Zusammenhange zurückgegriffen werden.

Die nachfolgenden Begleitworte zu Milows *dramatischer* und *erzählender* Tätigkeit mögen nur als dringende Anregung zu eigener Lektüre aufgefaßt werden.

Von Milows im Jahre 1888 erschienenen drei dramatischen Werken dürften die beiden einaktigen Lustspiele » *Die ungefährliche Frau*« und » *Bedrängte Herzen*« selbst einem Provinzpublikum zusagen. Im ersten Stücke liest ein Hugo von Rosen mehreren hartnäckigen Heiratskandidatinnen gehörig den Text, während sich das zweite Stück durch eine Fülle köstlicher Einfälle und durch einen reizenden Dialog auszeichnet.

In der vorhin erwähnten, im Jahre 1879 erschienenen und 1888 in neuer Fassung herausgegebenen Tragödie » *König Erich*« wird in dem gleichnamigen schwedischen Titelhelden ein Charakter verkörpert, dessen mit Güte gepaarte Schwäche zur tragischen Schuld wird. Es ist überaus traurig, daß sich bisher nicht einmal die österreichischen Bühnen der dramatischen Werke eines Milow und Saar angenommen haben.

In seinem neuesten Schauspiele » *Jenseits der Liebe*« (Wien, Verlag »Austria« 1907) sucht der Dichter einen Stoff aus der heutigen Gesellschaft trotz des modernen Kostümes und der Prosa des Dialoges zu den Höhen des großen Dramas zu erheben und einen Konflikt zweier Männer um ein Weib wie Goethes »Iphigenie« ausklingen zu lassen. In der Mitte der Handlung steht eine edle, herzbezwingende Frauengestalt, von der es wie Abendsonnenschein durch das ganze Stück flutet. Dieser geistvolle Versuch einer Verknüpfung des antiken und modernen Dramas sollte schon wegen der in sich geklärten Weltanschauung, ja schon wegen der eigenartigen Durchführung eines psychologisch interessanten erotischen Falles nicht vergeblich an die Tore unserer Hofbühnen pochen. Freilich darf nicht verschwiegen werden, daß zu dieser » *Kammerkunst*«, die aus den Stücken eines *Saar*, *Milow* und *J. J. David* spricht, erst das sensationsgierige Publikum erzogen werden müßte.

Milows *erzählende Prosa* wurde bereits 1866 mit der Erzählung »*Verlorenes Glück*« eingeleitet, die das Schicksal einer Frau schildert, die, als sie ihre Liebe hingegeben, ihrer mit einem andern geschlossenen Ehe nicht froh werden kann und schließlich unter der Wucht ihrer ihm verschwiegenen Schuld zusammenbricht. Solche scharf umrissene und lebensvoll charakterisierte Gestalten treten uns auch in den »*Zwei Novellen*« (1872) entgegen, die in »*Marzia*« und dem hier neu vorliegenden »*Arnold Frank*« ein immer klareres Schilderungsvermögen aufweisen. Aus dem im Jahre 1883 erschienenen Novellenbande »*Wie Herzen lieben*« sei besonders »*Zwei Freunde*« als die Krone dreier Erzählungen hervorgehoben. Der Sammelband »*Frauenliebe*« (1893) enthält vier Erzählungen. Von ihnen ist besonders eine außerordentlich charakteristisch für den Dichter, wie eine Frau auf die Jugendfreundin ihres Mannes eifersüchtig wird und dadurch den anscheinend freiwilligen Tod ihres Gatten verschuldet. Erst durch die Liebeswirren ihres Sohnes gelangt die Witwe zu einer versöhnlicheren Anschauung der Wirklichkeit. – Ergreifend wirkt ferner die Geschichte einer jungen Mutter in ihrem Verhältnisse zu ihrem von der Natur vernachlässigten Kinde. Diese bereits früher erwähnte Novelle wurde in unseren Auswahlband aufgenommen.

Der im Jahre 1890, wie die meisten Werke bei *A. Bonz & Co. in Stuttgart* erschienene einbändige Roman »*Lebensmächte*«, aus dem nur die prachtvolle Schilderung von Triest und seiner Gesellschaft hervorgehoben sei, weist in seinen vier Büchern eine derart ruhige und klare Schreibweise auf, daß dieses Werk in unserer »nervösen« Zeit ein wahres Labsal bedeutet. Über den Inhalt sei nichts verraten, als daß es sich um einen umfassenden Gesellschaftsroman handelt, zumal mit einer trockenen Detaillierung sich die Feinheit der Durchführung nicht klarlegen läßt.

Nicht durch Erzählung fabelhafter Geschehnisse und abenteuerlicher Konflikte sucht der Dichter zu wirken, sondern er läßt jedwede romanhafte Ausschmückung beiseite und faßt die Form der Novelle bei ihrem Kern, indem er uns wie *Theodor Storm* eigenartige, anziehungskräftige Naturen mit scharfer dichterischer Beobachtungsgabe lebenswahr schildert. Das gelingt ihm so vortrefflich, daß der Leser alsbald von der ruhigen Entwickelung der Schilderung ganz erfaßt und ergriffen wird. Damit feiert Milow seinen stillen Triumph. Denn von vornherein verwirft der Dichter die Mittel, welche eine ausschweifende Phantasie unseren Erzählern in der Regel nur in zu reicher Anzahl zur Verfügung stellt.

Milows im Jahre 1897 erschienenen erzählenden Dichtungen *»Höhen und Tiefen«*, die das ganze soziale Leben umfassen, sein derzeit in zweiter verbesserter Auflage vorliegendes *»Lied von der Menschheit«* (F. Leichter in Ohlau) und die Gesamtausgabe seiner *»Deutschen Elegieen«* bedeuten den Gipfelpunkt seiner Gedankenpoesie.

Unter allen Dichtungen dieses Genres der Laienbreviere wird man diese *»Deutschen Elegieen«*, die ähnlich wie *Saars* Idyll aus dem deutsch-mährischen Volksleben *»Hermann und Dorothea«* zur mannhaften *nationalen* Selbstzucht erziehen wollen, als die gehaltvollsten bezeichnen müssen. An der Wiege seines Sohnes steht der Dichter in idyllischer Umgebung und denkt über die Pflichten und Aufgaben nach, die sein Kind einmal erfüllen, die Ideale, denen er einst folgen muß. Zumindest gehört dieses Meisterwerk, das der Stuttgarter Verlag A. Bonz & Co. prächtig ausgestattet hat, *in jedes deutsche Haus*. Bei der herrschenden Abneigung gegen *gediegene* deutsch-österreichische Dichtung dürfte aber dieser Verleger jedoch bei diesem Werke kaum auf seine Kosten gekommen sein.

Dem Volke der Dichter und Denker rufe ich als Mahnruf das herrliche Gedicht Milows *»An die Lebenden«* zu, da dieser Dichter wie kaum ein zweiter der bedeutendsten Deutsch-Österreicher bei *Lebzeiten* noch in weitesten Kreisen volkstümlich zu werden verdient:

An die Lebenden.

Begnadetes Geschlecht der Erde,
Hinwandelnd in der Sonne Strahl,
O schüttle ab des Staubs Beschwerde
Und laß die stete Sehnsuchtsqual!

Was frommt dir's, nachzugrübeln schauernd
Den dunklen Rätseln dieser Welt?
Der Dinge Flucht zu schauen trauernd,
Bis endlich dich die Zeit auch fällt?

Du trägst das Sein, dein ist die Stunde,
Ermiß es nur, ist das nicht viel?
Und fühlst du's recht im Herzensgrunde,
So fragst du nicht erst, wo das Ziel.

Du knüpfst, wie du voll Lebensflammen
Dich schaffend regst, was je gelebt,
Mit all der Fülle schön zusammen,
Die werdend einst ins Licht noch strebt.

Rückblickend wecken deine Augen,
Was längst zum Moder hingerafft,
Und aller Zukunft Wurzeln saugen
Aus dir des Wachstums freud'ge Kraft.

So juble, frei von allen Schmerzen,
Zu deinem Tagwerk froh bereit:
So juble – sieh, in deinem Herzen
Schließt sich der Ring der Ewigkeit!«

Wien-Budweis, April 1907.
Robert Reinhard.

Stephan Milow

Arnold Frank

2

Arnold Frank war als das einzige Kind wohlhabender Eltern in einem kleinen deutschen Städtchen geboren. Sein Vater, früh verwaist und nur mit einem kargen Erbe bedacht, hatte sich durch eigenen Fleiß ein erkleckliches Sümmchen erworben. Er besaß im Städtchen eines der schönsten Häuser, das auf dem Hauptplatze stand und schon von weitem durch ein großes, reich ausgestattetes Gewölbe den Blick anzog. Dort waren rechts und links vom Eingange in zwei großen Glasschränken Zuckerhüte, Fäßchen voll Kaffee, Südfrüchte, Badeschwämme, eiserne Gartenwerkzeuge und alles mögliche sorglich ausgelegt, von oben herab wehten bunte Tücher und Kleiderstoffe, und ganz in der Höhe über all den Herrlichkeiten stand auf einer schwarzen Tafel in großen Goldlettern zu lesen: Adam Frank. Aber außerdem gehörte dem rührigen Kaufmanne noch manches treffliche fruchtbare Grundstück in der Nähe des Ortes, und sein Stall war mit zwei kräftigen wohlgenährten Pferden und mehreren schönen Rindern wohl besetzt. Trotzdem hatte Frank, der nun schon vier Jahre mit seinem geliebten Weibe verheiratet war, manche nachdenkliche Stunde, und er entbehrte noch eines, um sich all seines Besitzes so recht zu freuen. Da schenkte ihm der Himmel ein kleines rundliches Bübchen und machte seinen Segen voll. Was das nun auch für eine Taufe gab! Wohl seit langen Jahren war die Geburt eines kleinen Weltbürgers im Städtchen nicht so feierlich begangen worden wie die des jungen Frank, welcher den Namen Arnold erhielt. Die alten Weiber schüttelten auch gar bedenklich die Köpfe; sie meinten, so eine Pracht sei eine Herausforderung des Himmels, und es werde mit dem Kinde schlecht enden. Der kleine Arnold ließ sich das aber nicht anfechten: er gedieh frisch und munter zur Herzensfreude seiner Eltern. Es

---

2 Vom Verfasser durchgesehener Abdruck aus der »Deutsch-Österreichischen National-Bibliothek«, Verlag von Theodor Daberkow in Wien; mit Genehmigung des Verlegers.

war ein überaus schöner Knabe, und Vater und Mutter zerbrachen sich, da er noch kaum umherkriechen konnte, schon den Kopf, was sie aus ihm machen sollten. Denn es verstand sich von selbst, daß er etwas Besonderes werden mußte. Er sollte nicht etwa Fässer rollen und um ein paar Kreuzer Zucker oder Gewürze verkaufen; er sollte studieren und alles, was nur einem Menschenkinde offen stand, noch einstens erreichen können. Es geschieht oft, daß gerade schlichte Eltern, die alles, was sie besitzen, ihrer Hände Kraft verdanken und sich durch still begnügte, eingeschränkte Arbeit ein erfreulich Dasein gründeten, bei der Erziehung ihrer Kinder ihrer eigenen Art abtrünnig werden. Da hegen sie plötzlich die hochfliegendsten Pläne, so daß man erstaunt, wie sie bei ihrem Gesichtskreise nur überhaupt zu solchen Gedanken kommen konnten. Sie selbst haben nie in ein Buch geschaut, aber ihr Kind muß alles lernen; sie können kaum ihren Namen niederschreiben, ihr Kind muß zeichnen, malen und musizieren; sie gehen in zerschlissenen unscheinbaren Kleidern, ihr Kind muß fein und modisch gekleidet sein. Das ist gewiß überaus rührend, es kann aber auch dem so gehegten Geschöpfe eine große Gefahr werden. – Übrigens wuchs der kleine Arnold zum bescheidenen und liebenswürdigen Knaben heran. Der kühle Beobachter, namentlich der nicht tiefer blickende, hätte an ihm freilich nichts Besonderes gefunden, wenigstens nichts, was gerade sehr zu loben gewesen wäre; aber es konnte immerhin jeder mit ihm zufrieden sein. Das Auffallendste an ihm war seine Weichmütigkeit und überhaupt sein in sich gekehrtes, ängstliches Wesen. Wenn sonst Grausamkeit ein allgemeiner Charakterzug der Kindernatur ist, so stand es bei ihm umgekehrt. Stieß jemand den Haushund an, daß er aufschrie, so konnte der kleine Arnold gleich herzlich mitweinen, und da er schon im siebenten Jahre war, fiel es ihm noch immer nicht ein, Haus und Hof zu verlassen und mit den anderen Knaben auswärts umher zu tollen, ja, er wollte nicht einmal allein über die Gasse gehen. Das mochte freilich zum großen Teil an den Eltern liegen, die ihn durch ihre fortwährende Überwachung daran gewöhnt hatten, nicht von ihrer Seite zu weichen. Kam dagegen ein Kind zu ihm ins Haus, so freute es ihn doch nicht wenig; er nahm es bei der Hand, führte es überall umher, wo er ihm etwas zu zeigen hatte, und war überhaupt recht artig. Da sich indessen solche Besuche nicht oft einfanden, so hatte er eigentlich gar keine Spielgenossen. Zur schönen Jahreszeit war es seine größte

Freude, hinter dem Hause im Garten, der an einen sanften Hügel
stieß, auf dem Rücken zu liegen, ins Blaue zu starren und dabei
allerlei wirres Zeug laut vor sich hin zu sprechen. Trat jemand her-
zu und sah er sich entdeckt, so schwieg er sogleich beschämt. Noch
eins war ihm eine große Lust: wenn ihm jemand etwas vorsang
oder vorlas. Er konnte dasselbe Lied, dieselbe Geschichte immer
wieder hören und verfiel dabei aus seiner anfänglichen Aufmerk-
samkeit in eine wundersame Gedankenverlorenheit, so daß er nur
noch mit dem äußeren Sinne lauschte, aber doch für das, was in
seiner Seele vorging, dieser tönenden Begleitung bedurfte. Im Lernen, das nun schon begonnen hatte, zeigte er sich etwas sprunghaft.
Er faßte alles sehr gut, war aber manchmal nicht aufgelegt, und
dann ging es durchaus nicht. Neben dem Besuch der Stadtschule
(wobei ihn immer die Magd oder der Knecht begleitete) hatte er
noch seine regelmäßigen Korrepetitionsstunden mit dem Lehrer im
Hause.

So vollendete Arnold das neunte Jahr. Nun galt es für die Eltern
einen Entschluß. Ach, so bang ihnen der Gedanke an eine Trennung
war, sie sahen ein, das Kind mußte fort! Im Städtchen konnte es ja
nicht genug lernen, nicht nach ihren Absichten ausgebildet werden.
Aber wohin? Nach mannigfachen Projekten, bei welchen sich bald
dieser, bald jener Anstand geltend machte, verfiel der alte Frank auf
einen stolzen Gedanken. In der nächsten größeren Stadt befand sich
ein weithin berühmtes Knabenerziehungsinstitut. Dort lernten die
Kinder eine lange Reihe von schönen Dingen, Sprachen, Musik,
alles mögliche, und Hunderte von Anerkennungsschreiben bestätig-
ten, wie gut sie dort aufgehoben seien. Dabei galt das Zeugnis, welches man nach gut zurückgelegten Lehrjahren erhielt, so viel wie
das Maturitätszeugnis der Gymnasien; Arnold konnte also auf
Grund desselben weiter studieren. Das war prächtig! Freilich koste-
te die Aufnahme viel Geld, fast zuviel für die Verhältnisse des Hauses Frank; aber die Eltern wollten es erschwingen, und wenn sie
sich's vom Munde weg sparen müßten. – Der kleine Arnold vernahm die Mitteilung, daß er nun bald aus dem Hause solle, ohne
besondere Bewegung; es war ja vorerst eben nur eine Ankündi-
gung, und das Ferne wirkt nicht auf Kinder. Auch als an einem
schönen Herbstmorgen die zwei Braunen, an ein nettes Wägelchen
gespannt, im Hofe ungeduldig scharrten und die Mutter von Trä-

nen überquoll, wurde Arnold nicht sehr unruhig; denn der Vater stand ja auch schon reisefertig neben ihm und wollte ihn selbst in die Stadt bringen. Mit einem eigenen Wehgefühl lag er dann an der Brust der Mutter, die ihn unter fortwährendem Schluchzen herzte und küßte und gar nicht von sich lassen wollte; aber er weinte doch nicht. Er glaubte zu träumen. Der Vater beruhigte seine Ehehälfte, hob Arnold in den Wagen, sprang rasch nach, und in lebhaftem Trabe ging es vorwärts. – Es war eine einsilbige Reise. Der Vater mochte manches bei sich überdenken, und der Sohn lauschte gespannt und doch gedankenlos in die Zukunft, etwa so wie er oft, wenn im Städtchen durchziehende Jongleurs spielten, auf seinem Sitze den Beginn der Vorstellung erwartete. – Wundersam mächtig wirkte es auf den stillen, weltscheuen Knaben, als vor seinen Blicken plötzlich die Häusermenge der ziemlich ausgedehnten Stadt da lag, aus welcher die zahlreichen Kirchtürme, mit ihren Spitzen im Sonnenscheine glitzernd, hoch emporragten. Jetzt erst ward es ihm, trotz seiner Überraschung und wachsenden Neugierde, so recht bang, als schlüge das Große und Erstaunliche, das sich vor ihm plötzlich aufgetan, mit seinen Wogen beklemmend an seine Brust. Er vergaß in diesem Augenblicke auch den Vater, der neben ihm saß, und wollte sich schier mit den Händen an seinem Sitze festhalten. Aber wie er näher kam und sich sein Blick verengte, verlor sich all das Gewaltige immer mehr, und er fuhr endlich in ein Gäßchen ein, das nicht viel anders aussah als die Gassen seines Heimatsortes.

Zuerst ließ der Vater bei einem Gasthause halten, um nach eingenommenem Mahle seinem Kinde die Schönheiten der Stadt zu zeigen. Dann pochte er bei einem stattlichen Hause an, über dessen Tor die Aufschrift prangte: »Erziehungsanstalt für Knaben«. Da drinnen sah es für Arnold gar wunderlich aus. Lange Gänge nach allen Richtungen, aus welchen numerierte Türen in Zimmer und Säle führten. In einem dieser Zimmer sollte er mit noch vielen Schulgenossen seine Schlafstelle erhalten. Alles war reinlich, nett und zum Staunen ordentlich. Für jede Tageszeit war ein eigener Ort mit eigener Einrichtung bestimmt, an welchem nur eines und nichts anderes getan werden durfte. Das machte aber auf Arnold einen frostigen Eindruck. Als der Vater nach einigen guten Lehren und Aufmunterungen sich von ihm getrennt hatte, da war es ihm, als sollte er sich zu Boden werfen und weinen, nichts als weinen. Die Tränen quollen ihm auch aus den Augen, während er sich scheu in eine Ecke des Zimmers drückte. Endlich trat ein freundlicher alter Herr zu ihm und suchte ihn zu beruhigen. Er wies ihm die Lustigkeit der andern Knaben und sagte ihm, er solle sich nur unter sie mischen und mit ihnen spielen. Aber Arnold war das gar nicht gewohnt.

Es kamen nun für den Kleinen schwere Tage. Das Heimweh erfaßte ihn übermächtig. Wenn er im Lehrsaal saß, hörte er kein Wort von dem, was der Vortragende sprach; er weinte nur mit verhaltenem Schluchzen in sein Taschentuch hinein, während seine Gedanken heimwärts flogen. Indessen besserte sich dieser Zustand doch von Tag zu Tage. Er gewöhnte sich allgemach an seine neue Umgebung, die Menschen waren gegen ihn freundlich und aufmunternd, und mindestens jeden Monat einmal kam auch entweder der Vater oder die Mutter, um ihn zu sehen. Wenn er da im Anfange beim Abschiede immer hatte mit fortwollen nach Hause, so faßte er sich endlich und blieb zuletzt gern. Er lernte jetzt auch im ganzen fleißig und nahm besonders mit großer Lust am Musikunterrichte teil. Es schien, als sollte er hier ein ganz außerordentliches Talent entfalten, das freilich niemand ernster beachtete. Neben dem Klavier, auf welchem er bald recht gefällig klimperte, erwählte er als sein Lieblingsinstrument die Violine, und er spielte sie für seine Jahre mit erstaunlichem Verständnis und wärmster Empfindung. Die Beschäftigung mit der Musik erfüllte ihn bald so mächtig, daß ihm schon deshalb der Aufenthalt im Institute lieb wurde. Im übrigen blieb er in sich gekehrt und verschüchtert. Er schloß keine Kameradschaften, aber seine Schulgenossen liebten ihn doch, und wenn er, was oft genug geschah, vom Hause allerlei Süßigkeiten und Näschereien zugesandt erhielt, so verteilte er immer gleich alles. Mit einem einzigen Zögling schloß er Freundschaft. In der Jugend werden ja die Menschen oft wie durch einen Genius zusammengeführt; da findet man sich, ohne sich zu suchen. Es ergab sich wie von selbst, daß die beiden, während sich die anderen Zöglinge auf dem großen Spielplatze im Institutsgarten tummelten, abseits auf und ab wandelten, und wie von selbst geschah es auch, daß eines Tages bei einem solchen Spaziergange Arnolds Freund ein Gedicht herzusagen begann, das er selbst gemacht hatte und worin er an dem Faden einer Rittergeschichte alles, was nur die Seele rühren und erschüttern konnte, dem Zuhörer vorführte. Wie hatte er damit Arnolds Neigung getroffen! Dieser lauschte aufmerksam und sagte zuletzt, das sei schon und gut. – Der Freund des jungen Frank war ihm geistig verwandt, dabei aber doch viel beweglicher und lauter als dieser: er mied keineswegs immer die Gesellschaft der anderen Knaben, ja, er übte auf sie sogar einen großen Einfluß, welchen er sich besonders durch seinen Mut und seine Körperkraft verschaffte. Das kam nun auch dem weichen, ängstlichen Arnold zu statten, denn wenn sich manchmal einer doch eine Neckerei gegen ihn erlaubte, schritt sein Freund sogleich hilfreich als Befreier ein. Dafür ward dieser wieder bei seinen Deklamationen von Arnold durch andächtiges Zuhören und eifriges Lob reichlich belohnt. Einmal, da der fruchtbare Poet wieder ein Gedicht zum besten gegeben hatte, sagte Arnold: »Weißt du was? Das will ich in Musik setzen.« Der andere gab ihm das Manuskript, das er bei sich in der Tasche trug, mit den Worten: »Aber laß es niemand lesen.« – Das hätte er ihm nun gar nicht zu sagen brauchen, und eine kleine Szene, zu welcher eben dieser Kompositionsversuch den Anlaß gab, sollte zeigen, mit welcher Scham Arnold ihre künstlerischen Übungen geheim hielt und zu welcher verzweifelten Entschlossenheit er sich unter Umständen aufraffen konnte. – Er hatte seine Arbeit fertig gebracht und schrieb sie, mit dem einen Arm möglichst das Papier verdeckend, im Lehrsaal während der Repetitionsstunde zierlich ins Reine. Da kam ein mutwilliger Junge und riß ihm, gerade durch sein Heimlichtun herausgefordert, mit dem Rufe: »Was hast du denn da?« das Papier unter den Händen weg. Arnolds Freund war nicht da, um als Retter herbei zu eilen. Aber der Bedrängte rief ihn auch nicht und besann sich nicht; er sprang mit einem jähen Satze empor, erfaßte noch glücklich das eine Ende des ziemlich steifen Papiers und rang, am ganzen Leibe zitternd und durch seine verzweifelte Angst doppelt stark, auf das Hartnäckigste mit dem Räuber, welcher der Ältere und Stärkere war. Die anderen Zöglinge bildeten einen gespannten Zuschauerkreis. Arnold hielt sich so tapfer, daß von allen Seiten staunende Zurufe ertönten, und er rettete auch, was zu retten war: den Teil, welchen er in Händen hatte, konnte ihm der andere trotz aller Anstrengung nicht entreißen, und jener gab endlich den Kampf auf. Wie fühlte sich Arnold entlastet, da er sah, daß die Hauptsache noch sein war: das Titelblatt. Dort standen ja neben dem Namen des Gedichts und des Verfassers auch die Worte: »Musik von Arnold Frank.«

Die Zeit ging dahin und Arnold ward ein immer stattlicherer Junge. In seinen Studien ragte er nicht hervor. Er war noch immer sprunghaft, in manchem vorzüglich, in anderem völlig zurück, im ganzen zur Not befriedigend. Zu den Ferien ward er immer nach Hause abgeholt. Das war eine große Freude für die Eltern. Ihr Sohn erschien in allem so vorteilhaft, so bescheiden und wohlgesittet, daß sie ihn hätten jedem zeigen mögen, damit er sehe, wie ein Junge aussieht, der im Institute erzogen wird. Und wenn der Institutsdirektor in seinen Berichten auch manches tadelte, unterließ er doch nicht, Arnolds Vorzüge immer ins rechte Licht zu setzen. So war alles gut, und Vater und Mutter bereuten nicht, ihr schweres Geld für ihr Kind ausgegeben zu haben.

Da traf den alten Frank ein harter Schlag: sein Weib ward von einer plötzlichen Krankheit in wenigen Wochen dahin gerafft. Als sie auf dem Sterbebette lag, wollte sie noch ihren Arnold sehen. Man holte ihn rasch aus dem Institute und führte ihn, nachdem ihn die Mutter unter heißen Tränen gesegnet, wieder zurück. Dann erhielt er die Nachricht von ihrem erfolgten Tode, und der gebeugte Vater knüpfte an diese Trauerkunde die Mahnung, daß nun, wie er selbst, so auch Arnold eine große Stütze verloren habe und sich beide doppelt zusammennehmen müßten. Alles das zog nur wie ein wandelndes Wolkenbild dem Traumleben des Knaben vorbei.

Ohne bemerkenswerte Ereignisse verflossen die nächsten Jahre, und es nahte nun schon der Zeitpunkt, wo Arnold aus dem Institute treten sollte. Da ward denn sein sprunghaftes, zerstreutes Wesen dem Direktor, der den Jungen sonst sehr liebte, doch etwas bedenklich. Um seine Studien stand es recht schlimm, und es mußte alles aufgeboten werden, damit er sich zuletzt nur ein genügendes Zeugnis herausschlage. So verließ Arnold, nicht ohne einen schweren Abschied von seinem poetischen Freund, das Institut, um zunächst nach Hause zurückzukehren. Der Direktor gab ihm eine lange Epistel an den Vater mit. Er setzte darin auseinander, daß der Jüngling das trefflichste Herz habe, auch sehr begabt und keineswegs träge sei, daß es aber trotzdem sehr schwer halte, ihn zu einer gleichmäßigen, ernsten Tätigkeit anzuspannen. Besonders fehle ihm jeder Sinn für das Praktische. Er werde vielleicht noch sehr viel lernen, aber kaum je der Mann sein, das Gelernte zusammenzufassen und in einem gewählten Berufe fruchtbar anzuwenden; denn dazu gehöre Sammlung in *einem* Punkte und beharrliche Ausdauer. Da nun, wie er zu wissen glaube, das Vermögen des Vaters doch nicht so groß sei, daß der Sohn bloß seinen Neigungen leben könne, sondern dieser vielmehr sein dereinstiges Erbe durch Arbeit erhalten müsse, so scheine es ihm fast am besten, alle weitergehenden Pläne für Arnold aufzugeben und ihn nach und nach in das Geschäft des Vaters einzuführen, das, da es ja schon im besten Gange sei und nur der Überwachung bedürfe, dem Sohne vielleicht noch den geringsten Zwang auferlegen werde. Auch könne der Vater wohl noch in Arnold durch konsequentes Anhalten zur Arbeit – und zwar gerade zur möglichst materiellen Arbeit – eine günstige Wandlung hervorbringen. – Diese Winke, so schonend sie vorgetragen wurden und so oft zwischendurch immer wieder ein Lob für Arnold abfiel, waren dem Vater doch wie ein Guß kalten Wassers. Also deshalb hatte er gespart und geknausert, damit nun Arnold wie jeder andere Lehrjunge im Gewölbe hantieren sollte? Nein! seine Gedanken waren andere. Er kam sich in diesem Augenblicke wie geprellt vor, und noch mehr: er war mit seinem Kinde beleidigt. So geriet er gegen den Institutsdirektor in einen wahrhaften Zorn. Warum auch diese Ratschläge? Arnold hatte ja im ganzen doch entsprochen und sein gutes Zeugnis in der Tasche. Sollte er sich das nun etwa bloß als Erinnerung in einem schönen Rahmen aufheben? Nein! und hundertmal nein! rief es in ihm, und es erschien ihm als eine geradezu tolle Zumutung, daß er ohne jeden zwingenden Grund alle Hoffnungen für die Zukunft seines Sohnes aufgeben solle.

Ähnliche Gedanken regten den alten Frank auf, während Arnold die Sommermonate vor Beginn des neuen Schuljahres zu Hause zubrachte. Was dem Vater nun am meisten Sorge machte, war die stille, gleichgültige Haltung seines Sohnes. Arnold selbst sagte nie, was er werden und wohin er sich wenden wolle; er schien ruhig die Entschlüsse des Vaters abzuwarten; ohne sich weiter mit dem Kommenden zu beschäftigen. Das war immerhin nach den Auseinandersetzungen des Institutsdirektors etwas beunruhigend. Indessen faßte sich der Vater und überlegte für den Sohn. Aber er kam nicht leicht ans Ziel. Zur Theologie zeigte Arnold keine Neigung; er mochte nicht Geistlicher werden. In der Medizin graute ihm vor der Zergliederung der Leichen. Wie war es mit den juridischen Studien? Diese schwebten Arnold ganz unbestimmt vor, und er sagte dazu ja. Der alte Frank hatte in der Residenz mehrere Geschäftsverbindungen; er schrieb nun, da er nicht selbst vom Hause abkommen konnte, an einen seiner Freunde und knüpfte an die Bitte, für Arnold eine Wohnung zu mieten, das dringende Anliegen, sich überhaupt um den Jungen, wenn er zu seinen Universitätsstudien eintreffe, sorglich anzunehmen.

Endlich kam die neue Trennung. Sie war für den Vater, der nun im Innersten doch etwas zweifelhaft geworden war und seit dem Tode seines Weibes die rechte Kraft und den rechten Halt verloren hatte, eine recht schwere. Auch sollten sie jetzt weiter voneinander getrennt sein und sich nicht so oft sehen können. »Nimm dich zusammen,« sagte der alte Frank in tiefer Bewegung, »daß du etwas Rechtes lernst und einmal etwas Rechtes wirst! Ich will unterdessen redlich fortarbeiten, damit ich dir die ersten Schritte in die Welt hinaus leichter machen kann.«

Arnold war von dem bunten Leben, dem Lärmen und Treiben der Residenz ganz verwirrt. Aber wie erstaunte er, als er auf der Universität die Vorlesungen besuchte und oft kaum ein halbes Dutzend Zuhörer neben sich sah. Einmal kam dieser, ein anderes Mal jener und manche blieben viele Wochen aus. Der Professor fragte auch gar nicht danach; er trug seinen Gegenstand mit trockener Nüchternheit vor, und wenn die Stunde vorbei war, packte er ruhig zusammen und ging. Er hatte seine Pflicht getan, um das Weitere kümmerte er sich nicht. Da war es im Erziehungsinstitute ganz anders! Dort *mußte* sich jeder Zögling zu den Vorträgen einfinden. So blieb einem denn auch, selbst wenn man nur mit halbem Ohre lauschte, immer etwas im Gedächtnisse hängen. Der verschüchterte Arnold, dem die Vorträge nicht das geringste Interesse erweckten, hatte im Anfange gleichwohl gar nicht den Mut, auszubleiben. Endlich wollte er's aber doch den übrigen nachtun und fragte nur erst vorsichtig einen Studenten, wie denn das die anderen anstellen werden, um am Ende gute Prüfungen zu machen. »Da heißt es, sich die Kollegienhefte verschaffen und zuletzt tüchtig büffeln. Man bringt dann alles wieder ein. Aber wer wird es denn jetzt so genau mit den Vorlesungen nehmen!« Das war die Antwort, welche zunächst zur Folge hatte, daß nun auch Arnold dann und wann ausblieb. Und eines zog ihn besonders von seinen Studien ab: er konnte hier plötzlich seiner Herzensneigung, der Musik, wie nie zuvor, leben. Die zahlreichen Konzerte, in welchen vorzügliche Tonstücke aufgeführt wurden und die er nie zu besuchen versäumte, erschlossen ihm auch auf diesem Gebiete erst eine neue Welt; denn er hatte bis jetzt das Schönste und Herrlichste gar nicht gekannt. Nun wurde ein Klavier gemietet und das Violinspiel mit doppeltem Eifer gepflegt. Auch verlegte er sich, wie er schon in früheren Jahren getan, zuweilen aufs Komponieren, und was er zustande brachte, fand unter einigen musikalischen Kommilitonen, mit welchen er kleine Aufführungen arrangierte, vielen Beifall. Trotzdem fehlte ihm auch hier jener Drang, der dem Schaffenden, ohne daß ihn kleine Eitelkeit zu erfüllen braucht, doch nie ruhen läßt, bis er das, was er vollbracht, hinausgestellt in die Welt. Er war glücklich, die Schöpfungen anderer zu genießen und schrieb wohl auch nieder, was sich, wie von selbst, aus seiner Empfindung entfaltete; aber es kam ihm gar nicht zum Bewußtsein, daß er den bewunderten Größen nachstreben und einst mit eigenen Werken in die Öffentlichkeit treten könne. – Unter diesen musikalischen Anregungen und Genüssen flossen ihm die Tage fröhlich dahin. Wenn er je einmal einen Vortrag besuchte und nach seinem seligen Schwelgen im Reiche der Töne diese abstrakten, dürren Auseinandersetzungen hörte, konnte er gar nicht begreifen, wozu ein solches Wissen nützen solle.

Es war gut, oder vielmehr schlimm, daß sein Vater nicht mehr so beweglich wie früher war und ihn nicht durch einen forschenden Besuch im sorglosen Nichtstun störte. Als er aber zu den Ferien nach Hause kam und ihn der Vater mit liebendem Ernste fragte, wie es denn mit seinen Studien stehe, da war er doch etwas verwirrt und wußte nicht gleich, was er entgegnen sollte, bis er sich mit der Antwort half: »Doch wohl nicht schlechter, als bei den meisten andern.« Er hatte ja auch die redlichste Absicht, zuletzt alles daran zu setzen, um eine gute Prüfung abzulegen, und wenn das anderen gelang, warum sollte *er* es nicht können!

So verflossen Arnolds Studienjahre. Auch diese Zeit war für ihn ein einsames Traumleben, das ihn mit seligem Genügen erfüllte, wenn es auch vielleicht ein anderer arm und freudlos gefunden hätte. All' die Versuchungen einer großen Stadt waren für ihn nicht da, und sein Vater, der eben in diesem Punkte von seinen Freunden stets die günstigsten Berichte erhielt, vernahm sie mit vieler Genugtuung und glaubte für die Zukunft seines Sohnes die besten Hoffnungen schöpfen zu dürfen.

Nun sollte Arnold endlich an seine Prüfungen denken. Die Gewissensbisse regten sich immer lebhafter. Er verschaffte sich alles, was er brauchte; ein großer Haufen von Heften und Büchern lag vor ihm. Ach, wo anfangen? War es nur möglich, damit zu Ende kommen? Arnold machte sein Klavier zu und sperrte seine Violine in den Kasten. Er wollte jetzt lernen, fleißig lernen, nicht um seinetwillen, sondern des Vaters wegen, dem er ja nicht das geringste Leid antun durfte. Er nahm ein Heft vor und begann. Es ging immer schwerer, er konnte das Gelesene nicht behalten, seine Gedanken flogen immer ab von der Sache. Der Angstschweiß trat ihm auf die Stirne. Konnte ihm denn das nicht erlassen bleiben? War es zu seinem Fortkommen, zu seiner Wohlfahrt unumgänglich notwendig? – Immer wieder versuchte er sich zu sammeln, er zwang sich, verließ tagelang nicht das Haus: vergebens! Da packte er in seiner verzweifelten Stimmung seine Siebensachen zusammen und erschien eines Tages unversehens bei seinem Vater. »Verzeihe mir!« sagte er, und das war ihm vielleicht bis jetzt der bangste Augenblick seines Lebens, »aber ich kann nicht weiter studieren, es ist umsonst!« Und er setzte seinem Vater auseinander, wie er durch unglückliche Versäumnisse, die aber durchaus Regel seien, dahin gekommen, die Masse, welche vor ihm liege, nicht mehr bewältigen zu können, – Der Vater sagte nicht viel, aber er machte ein gar trauriges Gesicht. Seine teuerste Lebenshoffnung war dahin. Ach, sein Sohn war ja doch so gescheit, lenksam und alles versprechend! Wie ungebärdig, mutwillig und voll von Fehlern sah er die Söhne anderer, und sie kamen doch weiter und wurden zuletzt noch ganze Männer, die ihren Eltern Freude machten. Was war das nur mit seinem Arnold? Er begriff es nicht, aber er liebte ihn darum doch nicht weniger als früher und klagte zuletzt am meisten die üblen Einrichtungen der Universität an.

Und was jetzt beginnen? Gottlob! Arnold hatte doch eins, was in der Welt immer seltener wird: ein gutes, braves Herz, auf das man bauen konnte. Das war am Ende die Hauptsache. So schwer der alte

Frank seine stolzen Entwürfe fahren ließ, allmählich tröstete er sich, und zuletzt erschien es ihm gar als das Vernünftigste, daß auch Arnold Kaufmann werde, um nicht etwa das so einträgliche Gewölbe und die schöne Wirtschaft einmal tief unter dem Werte verschleudern zu müssen. Ja, er wollte ihn in das Geschäft nehmen; aber als Übergang nur an den Schreibtisch, nicht offenkundig vor den Leuten, die über die neue Laufbahn seines Sohnes doch nur spotten würden.

Die Folge davon war, daß Arnold in der nächsten Zeit, wenn er auch ab und zu für seinen Vater eine Rechnung oder einen Brief schrieb, eigentlich nichts Rechtes tat und nach seiner Neigung weiterlebte. Bald blieb er, Musik treibend, tagelang im Zimmer, bald schweifte er wieder hinaus und suchte namentlich gern ein in der Nähe gelegenes, halb verfallenes Schloß auf. Dort durchstöberte er dann alle Winkel und vertiefte sich in die Enträtselung alter Inschriften, die er hie und da am Mauerwerk entdeckte. Die Bewohner des Städtchens, welche im Anfange nicht wußten, was sie aus ihm machen sollten und glaubten, er erwarte noch irgend eine Anstellung, schüttelten über seinen Müßiggang immer mehr den Kopf, bis sie sich endlich in manchen hämischen Tadelreden ausließen. Dem alten Frank wurde dergleichen natürlich sogleich zugetragen; aber so sehr es auf ihn wirkte, er warf sich doch gewaltsam in die Brust und sagte: »Was kümmert das die Leute? Sie sollen vor ihren Türen kehren. Mein Arnold ist doch was Besseres als sie alle. Und auch kein armer Schlucker!« Dahin war der alternde, vielgeprüfte Mann gekommen, der mit solcher Verblendung an seinem Kinde hing. –

Sommer und Winter wechselten wiederholt, ohne daß Arnold eine größere Lust zum Geschäfte zeigte. Da wurde sein Vater wieder recht unruhig. Ein inneres heimliches Wehe nagte fortwährend an ihm, matt und abgezehrt schlich er umher. War er schon, seitdem er sein Weib verloren, ein anderer geworden, so drückte ihn nun die Sorge um den Sohn vollends nieder. Er fühlte, daß sein letztes Stündlein bald schlagen könnte und hielt endlich Arnold strenger zur Arbeit an, damit er nicht plötzlich unvorbereitet sein Erbe antrete. Dieser folgte ihm auch willig und gewann einen gewissen Überblick; aber wievieles, das, so unbedeutend es scheint, für eine Geschäftsführung doch höchst wichtig ist, lernt man nur durch eine lange Erfahrung!

Und jetzt war's versäumt. Der alte Frank starb. Als Arnold eines Tages zu ihm ins Zimmer trat, fand er ihn im Lehnstuhl zusammengesunken tot. Entsetzt warf sich der Sohn, den dieses Unglück völlig überraschte, auf die Leiche und vergoß in fassungslosem Schmerze die heißesten Tränen. – Endlich suchte er sich zu sammeln, aber da empfand er auch den Verlust der Mutter erst so recht; er sah sich plötzlich allein in der weiten Welt, allein und verlassen.

Arnold war jetzt vierundzwanzig Jahre alt und ein großer, wohlgestalteter, schöner Mann. Das ovale, von dunklem Haar umrahmte Gesicht mit der breiten Stirne und der schön geschwungenen Adlernase erhielt durch seine Augen den mächtigsten Ausdruck; denn aus diesen braunen seelenvollen Augen sprach selbst im größten Schmerze etwas wundersam Mildes, Träumerisches; es war, als wollten sie sagen: Was soll das alles? Und so stand es auch um sein innerstes Herz. Noch begriff er den bangen Ernst des Lebens nicht, wie er selbst kein Arg kannte, und diese Natur erschien in ihrer kindlichen Weltfremdheit und dabei alles hingebenden, unendlichen Güte so rührend, daß ihr selbst der Nüchternste die Fehler verziehen hätte, die sie bis jetzt zu keinem festen, kräftigen Wachstum kommen ließen.

Die Tage nach dem Tode des alten Frank waren für Arnold gar bange. Und noch voll seines Schmerzes, mit nassen Augen, sollte er gleich an hundert kleine Dinge denken und emsig tätig sein; denn der Betrieb eines Geschäftes erfordert eine fortwährende Überwachung und Anspannung. Wer möchte ihn zu hart tadeln, daß er in dieser Stimmung das meiste seinem ersten Kommis überließ? Dieser übertraf ihn ja auch an Geschick und Erfahrung; der Vater selbst hatte ihn in dieser Hinsicht gegen Arnold gelobt, wenn er auch beifügte, daß er ihm im Geldpunkte nicht allzu verläßlich scheine. Nun, Arnold war überhaupt froh, in seiner Bedrängnis eine Stütze zu haben. Der Kommis merkte das sehr gut; er sah, wie abhängig sein Herr von ihm war, und maßte sich, ohne von Arnold eingeschränkt zu werden, eine immer größere Herrschaft an. Im Anfange ging auch alles vortrefflich; aber eines Tages war der Mann, der Arnold schon fortwährend im kleinen bestohlen hatte, mit dem

Inhalte der Geldkasse verschwunden. Man griff ihn bald auf, allein Arnold erhielt nur einen geringen Teil seines Gutes zurück. Was war zu machen? Materielle Verluste vermochten über Arnold am wenigsten. Die Verpflichtungen, zu deren Deckung jenes Geld hätte dienen sollen, glich er nun mit den ererbten Ersparnissen seiner Eltern aus, und so blieb alles im geordneten Gange. – Aber der Kommis, welchen er jetzt aufnahm, wenn er vielleicht der ehrlichste war, bedurfte wieder selbst noch der Unterweisung durch seinen Herrn. Arnold nahm sich auch zusammen. Er blieb den ganzen Tag über im Geschäfte, hantierte selbst und bekümmerte sich noch um das Geringfügigste. Da faßte er es vielleicht wieder nicht richtig an; denn er mochte das Größere über das Kleinere versäumen. Und jetzt – jetzt! Alles ging für ihn unter: die Liebe ergriff zum ersten Male sein Herz.

Hart neben seinem Hause, an den dahinterliegenden Hügel angebaut, stand eine kleine Hütte, welche vor kurzem der neue Gemeindediener des Ortes gekauft und mit seiner etwa neunzehnjährigen Tochter bezogen hatte. Der Mann war ehemals als Soldat viel in der Welt umhergekommen, und auch Johanna, so hieß sein Kind, hatte schon in der Residenz als Kammerjungfer in einem vornehmen Hause gedient. Nun setzte er sich mit seinen Ersparnissen in seiner Heimat fest und wollte hier, durch das Einkommen seines ruhigen Amtes unterstützt, seine Tage beschließen. So schlicht und arm diese Leute waren, so hatte ihnen der Verkehr mit der Welt doch einen besseren Anstrich gegeben, und sie erhoben sich in ihrer ganzen Weise über viele, die im Städtchen ihrer Stellung oder ihrem Besitze nach für vornehmer gelten wollten. Was im besonderen Johanna betrifft, ein strotzend frisches, prächtiges Mädchen mit hellen Augen, lebhaften Zügen und anmutigen Formen, so war sie eine eigene, gar aufgeweckte, rasche Natur, und die Männerwelt des Städtchens, unter welcher sie gleich eine ziemliche Aufregung hervorbrachte, wußte mit ihr nicht zurechtzukommen. Wiewohl sie bald hierhin, bald dorthin ihre Blicke warf und manchen an sich herankommen ließ, so hatte sie bis jetzt noch keinem ihre Gunst geschenkt. Sie schien sich eben erst den Rechten aussuchen zu wollen, und rasch entschlossen, wie sie war, scheute sie sich nicht, ein schon halb geknüpftes Band zu zerreißen, wenn ihr Werber (was bis nun immer der Fall gewesen sein mochte) plötzlich eine garstige

Seite seines Wesens offenbarte. Dadurch ward sie gefürchtet, und mancher, der sie gerne heimgeführt hätte, hielt sich ihr doch ferne. Aber sie war ein schönes, in allem gewandtes und fleißiges Mädchen, dem niemand etwas anhaben konnte; das wußte sie gar gut, und sie wußte auch, daß es zuletzt nur von ihr abhing, den, welchen sie wollte, heranzuziehen und festzuhalten.

Arnold sah seine Nachbarin, und ihr Anblick traf ihn im Innersten. Doppelt gerne suchte er jetzt sein Plätzchen im Garten auf, wo er schon als kleiner Knabe immer träumend gelegen hatte. Dort weilte er nun wieder stundenlang und schaute nach dem Hofe des Hüttchens hinüber, der von ihm nur durch einen leichten Lattenzaun getrennt war und wo Johanna oft geschäftig hin und her wandelte. Diese ersten Tage seines erwachenden Gefühls, dessen er sich noch gar nicht bewußt wurde, brachten Arnold ein unnennbares Glück. Wie er sich immer gerne der Macht der Töne hingab, so war jetzt alles in ihm Musik, es wogte sanft und melodisch in seiner Brust, jede Schranke seines Wesens fiel, und er schwamm, selig aufgelöst, dahin in das All. Es war der tiefste Genuß in der größten Selbstentäußerung; alles Schöne der weiten Welt gehörte ihm, und nichts, was er besaß, hätte er nicht freudig den Mitbrüdern dahingegeben. – Johanna versah mit bewundernswertem Fleiße ihre kleine Wirtschaft, alles war immer reinlich und nett, nicht ein welkes Blatt durfte in dem stets sorglich gekehrten Hofraum liegen bleiben. Sie bemerkte Wohl auch ihren Bewunderer, tat aber nicht viel dergleichen, wenngleich sie, wie es die Sitte des Städtchens erheischte, als armes Mädchen den wohlhabenden, angesehenen Bürger zuerst mit einem »Guten Morgen!« oder »Guten Tag!« begrüßte. – Arnold hätte sie nun endlich doch gerne angesprochen, aber er traute sich nicht und pries zuletzt immer noch sein Geschick, daß er – es war Sommerszeit – seine Nachbarin wenigstens fast täglich von ferne belauschen konnte. – Johanna machte sich manchmal hart am Zaun mit den aufrankenden Bohnen zu tun, wobei sie ihn, leise lächelnd, mit einem flüchtigen Blicke streifte; aber er ergriff doch nie die Gelegenheit, sich ihr zu nähern. Da schritt sie eines Tages durch die kleine Gattertüre, welche aus ihrem Hofe ins Freie führte, über die anstoßende Wiese auf die Türe in Arnolds Hofzaune zu. Sie schlug das Häkchen zurück und stand plötzlich mit einem Kruge am Arm auf Arnolds Grund und Boden. »Unser Brunnen ist verdorben –

darf ich wohl ein bißchen Wasser holen?« sagte sie mit lieblicher Stimme. Arnold konnte, ganz in ihrem Anschaun verloren, nur zustimmend von seinem Platze nicken. Schlicht, doch gefällig angetan, das Kleid ein wenig aufgeschürzt, wandelte das schlanke Mädchen, sich leicht in den Hüften wiegend, weiter zum Brunnen und schöpfte den Krug voll. Dann wandte sie sich wieder nach Hause und dankte Arnold mit einer anmutigen Verbeugung, während ein eigenes schalkhaftes Lächeln ihre Lippen umspielte. Er fühlte sich ganz in dem Banne dieses Mädchens, er hätte ihr nachstürzen und zurufen mögen: »Nimm mich hin! Nimm alles, was ich besitze!« – Über die heilige Schüchternheit eines in erster Liebe aufzitternden Herzens siegt zuletzt doch immer der allmächtige Drang der Sehnsucht: Arnold faßte jetzt den festen Entschluß, sobald er Johanna wieder sehe, zu ihr zu treten und mit ihr zu sprechen. Und als sie den andern Tag erschien, stürzte er, im tiefsten Innern bebend, mit einem gewaltsamen Sprung auf den Hofzaun zu, ohne eigentlich eine Silbe von dem zu wissen, was er ihr sagen wollte. So stand er jetzt, die Arme an die Lattenspitzen stemmend, da, und Johanna blickte von der Arbeit auf. Er brachte nichts hervor. Ach, welche Erlösung wär' es für ihn gewesen, wenn sie mit dem ersten Worte begonnen hätte! Nach einer Pause des Wartens half sie ihm auch. »Es sind nur Rüben, die ich einsäe; es ist gerade noch Zeit,« sagte sie ganz unbefangen, wie voraussetzend, daß ihn nur die Neugierde hieher getrieben. »Bei Ihnen ist das anders,« fuhr sie fort, da er noch immer stumm blieb, »Sie brauchen nicht jedes kleinste Fleckchen zu benützen und sich knapp vor die Türe die wenig schöne Pflanze hinzusetzen.« – »Und möchte es Ihnen bei mir gefallen?« stammelte er mit überwogendem Herzen. – »Ich weiß kein schöner Stück Land,« entgegnete sie und neigte sich wieder nieder, um ihre Arbeit fortzusetzen, »aber schelten Sie mich nicht, daß ich so frischweg rede: wenn es mein wäre, müßte es doch anders aussehen.« – »O, wenn Sie nur wollen, es soll alles Ihnen gehören!« rief er und hätte über das Gatter setzen mögen. Johanna blickte jetzt wieder auf, und statt des verstohlenen Mutwillens von früher blitzte es wie freudige Rührung aus ihrem Auge, und ihr ganzes Antlitz war in sonnenhafte Helle getaucht. Arnold erkannte auch diesen Strahl sogleich; er war nun fortgerissen, beflügelt, er hatte nichts mehr scheu zu verhehlen, er hätte Johanna gleich umarmen, in sein Haus führen und ihr sagen mögen: Es ist dein! Und nun bleibe da und seien wir zusammen selig ohne Ende, in alle Zukunft hinein! Aber er sagte zu dem hold errötenden Mädchen, das jetzt in all seiner Heiterkeit ernst geworden und knapp zu ihm getreten war, doch nur die Worte: »Johanna! ich rede noch heute mit deinem Vater.« Ihre Hände fanden sich zwischen den Gatterlücken, Johanna neigte ihr Haupt über die roten und weißen Bohnenblüten zu ihm und Lippe drückte sich an Lippe; es war eine Sekunde Ewigkeit, in welcher ihre Seelen ineinander wogten.

Arnold und Johanna waren Verlobte, und die Hochzeit sollte so schnell, als es nur anging, stattfinden. Diese Neuigkeit erregte im Städtchen ein gewisses Aufsehen und wurde verschieden aufgenommen. Die einen sagten, wenn jemand Arnold sein Hab und Gut fest zusammenhalten könne, so sei es Johanna; die anderen dagegen meinten, das Weib werde mit ihrer raschen, entschiedenen Art schlecht zu ihm passen, und er hätte unter so vielen wohlhabenden und ehrbaren Bürgermädchen besser wählen können. – Das Geschäft Arnolds war inzwischen ein bißchen ins Schwanken gekommen. Er war ja in diesen seligen Liebestagen am wenigsten der Mann, allem zu ängstlich nachzusehen, und sein neuer Kommis war ungeschickt und unerfahren. Die auswärtigen Lieferanten witterten auch gleich diese Veränderung, sie wurden, da sich bei den Abrechnungen kleine Unordnungen wiederholten, immer vorsichtiger und schwieriger, sie wollten alle Bestellungen immer gleich im voraus gedeckt haben, oder sie sandten schlechte Ware. Das wirkte nun wieder auf die Klienten Arnolds, und die besten blieben nach und nach aus, da sie das Gewünschte entweder gar nicht oder nur schlecht erhielten. Mit den geringeren Einnahmen machte aber Arnold wieder immer schlechtere Einkäufe, und so verschlimmerte wechselseitig eines das andere, bis das einst so wohl angesehene Geschäft bedenklich zu sinken anfing. Mit der Bewirtschaftung seiner Grundstücke hatte es ein ähnliches Bewandtnis, und die Erträgnisse wurden immer kleiner. Aber Arnold erkannte weder dort noch hier das Übel in seiner Wurzel, und der überglückliche Bräutigam zerbrach sich nicht den Kopf über die möglichen Folgen. Er dachte jetzt nur an seine bevorstehende Verbindung mit Johanna. O wonniges Hinüberträumen nach der ersehnten Stunde der Erfüllung! O süßes Ausmalen der Zukunft in traulicher Zwiesprache der Liebenden! Johanna mußte schon jetzt herüberkommen und genau das Haus ansehen. Es war, einen Stock hoch, im Innern noch schöner, als das Äußere vermuten ließ, oben mit einer Flucht heller reinlicher Zimmer, unten mit allen Kämmerchen und Räumlichkeiten, die sich nur eine rührige Hausfrau wünschen konnte. Und es hatte rückwärts prächtige Ställe und Wirtschaftsgebäude. Die Braut mußte nun ihre Wünsche sagen, in diesem oder jenem raten und anordnen. Und dann nahm sie Arnold unterm Arm und führte sie hinaus auf die Felder. Da lagen sie ausgedehnt im breiten Tale, von anmutigen Hügeln umschlossen. Johanna lachte über all diesen Herrlichkeiten das Herz im Leibe. Eine größere Wirtschaft zu leiten, das war ja immer ihr sehnlichster Wunsch; ja, wenn dieses Selbstbekenntnis in ihre Brautschaft gepaßt hätte, so würde sie sich haben sagen müssen, daß ihr Auge erst von dem schönen Besitztum Arnolds auf diesen selbst fiel, obgleich sie den Mann jetzt gewiß wahrhaft und nur um seinetwillen liebte. Die beiden hüpften dahin wie die Kinder, und da Arnold die ausgelassene Freude Johannas sah, freute nun auch er sich, wie nie früher, seines Besitzes. Sie kamen an einen Feldrain. Arnold hielt ihn für die Grenze seines Eigentums. »Nein!« rief Johanna lachend, »der Acker hier daneben gehört ja auch noch dir. Weiß der nicht einmal, was sein ist!« Und sie küßte ihn herzhaft wieder und wieder, und weiter ging es durch das herrliche Land, über welches die Sonne mit ihren hellsten, lachendsten Strahlen hinfunkelte. – Arnold verheimlichte übrigens seiner Braut nicht, daß seine Verhältnisse nicht mehr so gut wie früher standen und er schon fast all sein zurückgelegtes Geld habe dazu setzen müssen. Aber das machte ihr nicht bange. »Es wird jetzt alles anders werden!« sagte sie liebevoll ermutigend. »Sorge du dich nur um das Gewölbe, und ich will dir die Wirtschaft in Ordnung bringen, daß du staunst!«

Die Vermählung des Brautpaares hatte stattgefunden. Arnold versank jetzt in die süßeste Glückestrunkenheit und konnte nicht genug sein Weib preisen, das immer ihre Gedanken beisammen hatte und neben seinem Überschwange doch nie kühl erschien. Johanna war darin auch bewunderungswürdig. Sie wußte, sobald es die Stunde heischte, das Nüchternste verständig zu ordnen, ohne je die zärtlichste Innigkeit für Arnold zu verleugnen. Aus ihrer frischen kräftigen Art, welche merkwürdig zu ihrer ganzen Erscheinung stimmte, sprach es gleichsam: Wenn ich dich küsse, hast du meinen vollen Kuß; soll ich aber etwas schaffen, so gib mich frei, und ich kehre dann gewiß mit der alten Glut zu dir zurück! Als Hausfrau war sie ein Muster. Sie verlangte für sich kein anderes Vergnügen als vom Morgen bis zum Abend in ihrer Wirtschaft zu schalten, sie war von unermüdlicher Tätigkeit und legte, wenn es not tat, selbst überall die Hand an. Da ihr hier Arnold im vorhinein freien Spielraum gewährt hatte, so konnte sie ungescheut alles, was ihr mißfiel, sogleich ändern; sie entließ Knechte und Mägde, die sich an Unordnung und lungernde Trägheit gewöhnt hatten, zog bessere heran, und bald machte sich in allem ein anderer Geist bemerkbar. Ja, Johanna ward selbst ihrem Manne eine Führerin, ohne daß sie es ihn unzart fühlen ließ. Sie schlich dann und wann ins Gewölbe und verbesserte ganz im stillen, was ihr nicht gut schien; dann guckte sie wieder in Arnolds Bücher, ob er alles ordentlich eingetragen habe, und wenn sie kleine Anstände fand, so verwies sie ihn unter neckenden Scherzen und Küssen. – Arnold schlug solche Ermahnungen auch keineswegs in den Wind. Aber es ist ein wunderbares Ding um den Ruf: sein Gewölbe war einmal schon übel angeschrieben, und wie sehr er sich anstrengte, um alle Schaden zu beseitigen, es hieß doch überall: »Mit dem jungen Frank ist's nichts; dort kauft man schlecht.« Und ein anderer Kaufmann des Städtchens wußte das zu benützen: er ließ sich ein doppelt so großes Schild malen, verdoppelte die Anzahl der an der Gewölbtüre baumelnden buntfarbigen Tücher und ließ drinnen alles zierlich anstreichen und lackieren. Da sagte man nun: »Ah, das ist ein tätiger Mann! Der hat schöne Sachen.« Und die Leute liefen an Frank vorüber dem andern zu und ließen sich dort auch gern prellen. Nur ein Anhang blieb Arnold getreu: die große Zahl derer, welche auf Borg nahmen. Sein Schuldbuch war immer wohlgefüllt. Wenn ihm all das Geld eingelaufen wäre! Manchmal erschrak Johanna über die lange Namensliste seiner Schuldner. Und bei diesem oder jenem rief sie dann: »Wie kannst du nur diesem Menschen borgen? Du weißt ja, daß er dir sein Lebtag keinen Kreuzer bezahlt.« Aber wem hätte Arnold je beharrlich etwas abschlagen können! Da kommt z. B. ein zerlumpter lahmer Kerl herein, der als Taugenichts im ganzen Orte bekannt ist. Die Posten seiner Schulden bei Arnold füllen schon mehrere Seiten. Heute ein Päckchen Kaffee, morgen etwas Zucker usw. Und nun verlangt er wieder ein Stück der geräucherten bräunlichen Speckseite, welche, von Johanna sorglich bereitet, gar einladend vor ihm hängt. Arnold ist gerade im Gewölbe. »Nein! mein Lieber,« ruft er mit einem gewaltigen Anlaufe. »Eher zahlen! Auf Borg wird nichts mehr gegeben.« – »Sagen Sie das nicht, Herr Frank,« erwidert der andere mit einem kecken schlauen Lächeln, »ich weiß ja doch, daß Sie mir's geben.« – »Was? Über die Frechheit! Das wollen wir sehen. Hinaus!« herrscht Arnold so zornig als möglich. – »Nun,« steuert der andere klug auf sein Ziel los, »ich weiß es, weil Sie immer recht tun, und recht ist's, daß Sie mir's geben. Den ganzen Tag hab' ich mich mit meinem krummen Fuß als Handlanger abgeschunden, und auf die paar verdienten Kreuzer haben schon Weib und Kind hungrig gepaßt: wollen Sie mich nun wie einen armen herrenlosen Hund mit knurrendem Magen von der Türe jagen? Nein! ich weiß, wenn Sie nicht mehr borgen, so fangen sie bei Reicheren an.« – Arnold wendet sich zum Lehrjungen: »Gib ihm! aber nicht zu viel und zum letztenmal.« Und damit flüchtet er sich, als hätte er Übles getan, aus dem Gewölbe. – Trotzdem borgte er immer wieder. Er hatte die besten Vorsätze, er wußte, daß er, nun er einen Hausstand gegründet, mit doppeltem Bedacht den Blick auf das Seine richten müsse, und er sparte ja auch keine redliche Mühe; aber die hundert kleinen Kniffe und Herzlosigkeiten, mit welchen er seinen Vorteil hätte wahrnehmen sollen, widerstrebten nun einmal seiner innersten Natur. Was ein anderer wie selbstverständlich tat, ja, was auch ihm an einem andern gar nicht auffiel, das erschien ihm, wenn es sich um ihn selbst handelte, wie eine Schlechtigkeit. Wie beneidete er jetzt jene, die irgend ein Handwerk ausübten, und wenn sie etwas zustande gebracht hatten, ausrufen konnten: »Hier liegt's! Ich hab' es gemacht. Nun gebe mir einer dafür, was recht ist!« Er wollte ja auch arbeiten, unermüdlich arbeiten, aber die Art der Arbeit, welche er leisten sollte, war ihm eine erdrückende Last.

Die Dinge nahmen so einen Gang, welchen sich Johanna nicht hätte träumen lassen. Im Gewölbe Arnolds gab es Anstände auf Anstände, und was seine Frau, welche die Grundstücke vorzüglich bewirtschaftete, auf der einen Seite hereinbrachte, erreichte doch nicht die Höhe, um den üblen Stand auf der andern Seite nicht empfinden zu lassen. Das Kaufmannsgeschäft war ja ehemals der eigentliche Reichtum des alten Frank, und nun drohte es fast regelmäßig Zuschüsse zu fordern. Johanna half, griff bessernd ein, aber sie vermochte nicht alles zu tun, und da sie zu fürchten begann, daß sie ihren Willen und ihre Kraft am Ende doch vergeblich einsetzen könnte, wurde sie nachdenklich und verstimmt; denn sie, die in allem an die größte Ordnung gewöhnt war, empfand diese Mißverhältnisse doppelt schwer. Endlich fuhr sie auch, rasch und heftig wie sie war, manchmal gegen Arnold mit einem gereizten Wort heraus, was sie zwar immer gleich bereute und gutzumachen suchte, in diesem aber doch recht schmerzlich nachwirkte.

Das holde Mädchen, welches jetzt Johanna ihrem Manne gebar, kam gerade recht, um den Mißklang zwischen den Ehegatten, welcher immer schmerzlicher zu werden drohte, versöhnend aufzulösen; denn hier vereinigten sich ja beide in einem Gefühl: in überschwenglicher Freude. Namentlich Arnold vergötterte die kleine Lina, und er hatte nun für jeden bangen Gedanken einen Trost: das Engelsantlitz seines Kindes. Wie überreich fühlte er sich, wenn er die Kleine in den Armen wiegen, in jeder Miene und Bewegung belauschen konnte! Die Kinderstube war ihm sein liebster Erholungsort, und wie sorglich Johanna neben ihrer angestrengten Tätigkeit ihre Mutterpflichten erfüllte, Arnold beschäftigte sich mit Lina fast noch mehr; er eilte in jeder freien Stunde zu seinem Kinde, spielte mit ihm und war ganz selig, wenn es schon von weitem mit einem Lallen begehrlich die Händchen nach ihm ausstreckte.

Aus dieser Freude wurde Arnold bald rauh geweckt. Da stand er nun wieder vor einer kleinen Krise. Eine größere Geschäftsschuld war zu decken, wenn er nicht um seinen Kredit kommen wollte, und er selbst konnte es ja nicht ertragen, in der Erfüllung seiner Verpflichtungen säumig zu sein. Aber es war kein Geld in der Kasse. Da galt es denn, so gern er es vermieden hätte, rasch das einzige Mittel zu ergreifen, welches ihn von seiner Last befreien konnte, und er sagte mit einer gewissen Beklemmung zu Johanna: »Wir werden ein Paar Äcker verkaufen müssen: ich brauche Geld.« Johanna fuhr erschreckt zurück. »Was? geht es nun schon an unsern Grund und Boden? Willst du mir die schönen Äcker zerstückeln? Ich' lass mir nichts wegnehmen; denn mit weniger kann ich nicht wirtschaften.« – Er wollte schon sagen: »Wie hast du's denn früher zu Hause können?« Aber er erwiderte doch ohne jede Gereiztheit: »So müssen eben auch ein paar Kühe aus dem Stalle.« – Johanna sah in Arnolds Begehren die beängstigende Einleitung für Schlimmeres. »So! so!« höhnte sie fast, sich in ihrer leidenschaftlichen Erregung vergessend, »du weißt dir gut zu helfen! Auf ein Übel das andere. Oder meinst du vielleicht: je weniger man hat, desto weniger braucht man zu sorgen?« – Arnold empfand ein stechendes Wehe im Herzen. »Ich muß das Geld haben,« sagte er sanft mit gesenktem Auge, »wenn du mir's anders ehrlich schaffen kannst, so ist mir's gewiß recht.« – Johanna konnte sich noch immer nicht fassen. Ihre herrlichen Äcker, um die sie jeder beneidete, sollten dahingehen! In ihrer verzweifelten Ratlosigkeit brach ihr jetzt ein Tränenstrom aus den Augen. – »Es fällt mir auch schwer genug,« sagte er begütigend, erst durch den Anblick ihres Wesens über sein Vorhaben selbst ängstlich geworden; aber eigentlich konnte diese Natur einen solchen Verlust gar nicht so recht empfinden, und er hätte lieber sagen mögen: Warum sich am Ende über all das Schmerzen machen! Johanna wurde nun doch ruhiger. »Ich bin gegen dich aufgefahren,« lenkte sie bereuend ein, »aber mein' ich's denn nicht gut? Für wen sorg' ich als für uns und, Arnold, für unser Kind! Wenn ich nicht alles fest zusammenhalte – weiß Gott –« Und sie brach wieder in helle Tränen aus.

Das war eine arge Aufregung zwischen den Eheleuten, wenn sich auch Johanna schnell genug fügte und beide versöhnt auseinander gingen. Ein großer Acker wurde verkauft und eine Kuh dazu, und so war Ordnung und Frieden geschafft. Aber ein tiefer liegendes bängeres Übel enthüllte dieser erste offene Zwiespalt. Johannas Eigenschaften ergänzten Arnold, das war gut; es war jedoch schlimm, daß sie dabei nicht mehr mit ihm gemein hatte, denn erst dadurch hätte sich beider Wesen schon verbunden. So fehlte ihr gleichsam die Handhabe, um ihn zu fassen und zu sich herüber zu ziehen; es drohte die Gefahr, daß sich jedes in immer größerer Einseitigkeit zuspitzen werde, statt sich mit dem andern auszugleichen und dauernd zu versöhnen. Arnold fühlte ja selbst, was ihm fehlte, Johanna aber, da sie über ihn gleich heftig aufwallte und dazu ihr gutes Recht zu haben meinte, bemerkte nicht, daß sie ihn gerade durch ihre Heftigkeit scheu und verzagt machte und in seine innere Gemütswelt zurücktrieb. Zudem kehrte durch die Verhältnisse des Hauses, die ja in der Wurzel noch immer dieselben waren, der Anlaß für neue Aufregungen Johannas nur allzuoft zurück. In solchen Fällen hatte immer ihr Vater heilsam gewirkt, indem er sein Kind im stillen besänftigte und versöhnlich stimmte; nun war aber der gute Alte tot, und das kleine Erbe, welches er Johanna zurückließ, konnte die Lage der Dinge auch nicht irgendwie wesentlich verändern.

So ging die Zeit dahin. Sie brachte nichts Neues, sie setzte nur das alte Übel fort. Aller Grundbesitz Arnolds war verkauft, und auf dem Hause lagen auch schon Schulden. Welche Tränen hatte das Johanna gekostet! Sie arbeitete und arbeitete, aber wie durch einen bösen Zauber blieb ihre Mühe vergeblich und alles verflog. Auch ihre Natur hatte ihren Fluch. Sie bürdete sich zuviel auf und konnte es nie über sich gewinnen, sich beizeiten auf das Kleinere zu beschränken, bis sie endlich unter doppelt verdrießlichen Umständen dazu gezwungen wurde. Statt das Unwiederbringliche fahren zu lassen und alle Verhältnisse von Grund aus zu ändern, glaubte sie fort und fort, was einst war, müsse wieder in der alten Herrlichkeit emporblühen. Mit *einem* Worte: sie wollte nichts verloren geben; *daß* sie das nicht wollte, erhielt ihr freilich wieder den Mut, auszuharren und zu ringen. – Im Hause Arnolds herrschte jetzt ein eigen stiller, gedrückter Ton. Johanna hatte sich's schon abgewöhnt, ihn mit Vorwürfen jäh anzulassen, aber diese Mäßigung entsprang aus dem traurigsten Grund. Das Weib, das im Wirken und Schaffen ihr Element sah und Arnolds Wesen so gar nicht begreifen konnte, empfand jetzt gegen ihn eine gewisse Mißachtung; sie rechnete gar nicht mehr mit ihm und übernahm jetzt auch ganz allein das Gewölbe. Unter all dem verkümmerte ihre Liebe. Was ist das für ein Mann? fragte sie sich. Wie konnte er ruhig bleiben, wo sie verzweifelte? Wie konnte er so unbekümmert das drohendste Elend über die Seinen kommen lassen? Und war nicht sie selbst durch ihn wie gelähmt? Sie durfte sich doch sonst etwas zutrauen, und nun wollte ihr nichts mehr gelingen. So nahm sie es allgemach fast als ein Unglück, ihr Los mit dem seinen vereint zu haben, und neben ihrer doch noch mächtigen Liebe war es schon ein gut Teil Mitleid, was sie bei ihm festhielt. Arnold, dem bei seiner namenlosen Leidenschaft für Johanna schon der erste leiseste Zwiespalt wie etwas Undenkbares erschienen war, trug doch alles in stummer Ergebung. Wenn er oft schmerzlich darüber nachdachte, wie das Geschick zwischen zwei Herzen, die mit solcher Liebe aneinander hingen, soviel Trübendes und Ängstliches wälzen konnte; so klagte er doch sein Weib in nichts an, und er dankte ihr noch immer jeden heiteren seligen Tag, den sie ihm gewährte. – Nun sollte noch eines dazukommen, um Johanna noch mehr ihrem Gatten zu entfremden und das Verhältnis des Ehepaares gar schnell in der schlimmsten Richtung zu entwickeln.

Es war eines Nachmittags. Arnold stand eben in Gedanken versunken an der Türe seines Gewölbes, als ein Wagen die Straße dahergefahren kam und vor ihm anhielt. Ein junger Mann, ein leichtes Felleisen in der Hand, sprang heraus. »Ich danke Ihnen nochmals, daß Sie mich bis hieher mitgenommen!« rief er der noch darin sitzenden Person mit einer Verneigung zu. Der Wagen rollte wieder weiter, und der Fremde wandte sich jetzt mit der ausgestreckten freien Hand und dem Ausrufe: »Nun, kennst du mich nicht mehr?« zu Arnold. – Dieser forschte eine Weile ungewiß in den Zügen des Angekommenen, dann ergriff er rasch die dargebotene Hand und rief in heller Freude: »Robert, du bist's!« – »Freilich bin ich's, wenn ich auch ein bißchen anders ausschaue als einst,« gab jener zurück. Es war Arnolds Jugendfreund aus dem Erziehungsinstitute. »Nun, bin ich nicht ein treuer Freund, daß ich dich nicht vergessen und nach langen Jahren in deiner Heimat aufsuche? Ach, wo sind die Jugendzeiten! Aber du kannst mich doch bei dir aufnehmen? Ich war recht neugierig, was aus dir geworden und ob du nicht etwa, weiß Gott, wohin? in die Welt ausgezogen. Wie ich sehe, bist du der Überlieferung deines Hauses treu geblieben und drehst Düten. Hast recht! Das ist sicher. Ich habe inzwischen viel erlebt, Freund! Sollst alles hören! Jetzt laß mich nur den Reisestaub abschütteln.« So quoll es in raschem Fluß aus dem Munde des Sprechenden, welcher jetzt Arnold am Arm faßte und mit sich hinein fortzog. Arnold war unter diesem Erguß gar nicht dazu gekommen, selbst seinen Freund einzuladen, und ging ihm nun mit jener verlegen gedrückten Stimmung voran, welche ein überfreies, lautes Auftreten immer in einer stillen, schweigsamen Natur erregt. Oben angekommen, stellte Arnold seinen Jugendfreund Johanna vor und führte ihn dann in das freundliche Gastzimmer, um ihn zunächst sich selbst zu überlassen. Robert erschien jedoch bald wieder bei seinem Wirte und erzählte seine Geschichte. Diese enthielt nun des Abenteuerlichen genug. Er war, nachdem er das Institut verlassen und wenig Neigung zum Studieren fühlte, nach dem Beispiel seines Vaters Soldat geworden und hatte es auch bald zum Offizier gebracht. Aber der einförmige Friedensdienst konnte ihm nicht lang' gefallen, und er ergriff begierig die Gelegenheit, als mit der Gründung des mexikanischen Kaiserreiches Werbungen für eine Fremdenlegion ausgeschrieben wurden. Da winkte ein anderes Leben. Seine Mutter war tot, und den Zorn seines Vaters schlug er in die Schanze. In Mexiko war er nun Zeuge all der Schicksale jener unglücklichen Unternehmung. Er sah und erlebte das Abenteuerlichste, und als die Tragödie zu Ende war und die letzten Reste der fremden Truppen, aufgelöst und zersprengt, in die Heimat zu entkommen trachteten, trieb er sich noch auf seine eigene Hand im Lande umher und fand als Berichterstatter deutscher Zeitungen seinen Lebensunterhalt. Aber seine Lage wurde unter dem neuen Regimente immer gefährlicher, und er entschloß sich, endlich auch der Abenteuer satt, nach Hause zurückzukehren. Er schiffte sich ein und erreichte, arm wie eine Kirchenmaus, Europa. Auf der Reise nach der Residenz wollte er nun, da er so nahe an Arnolds Vaterstadt vorbeikam, doch zu diesem abzweigen, und er fand zufällig einen in derselben Richtung Reisenden, welcher freundlich genug war, ihm einen Platz in seinem Wagen anzutragen, was ihm sehr erwünscht kam, denn mit seiner Barschaft ging es schon zu Ende. »Du siehst,« schloß er seine Erzählung, »ich bin ein bißchen ein Taugenichts und noch auf keinen grünen Zweig gekommen; aber ich habe mir stets meine muntere Laune erhalten und nie verzagt.«

Arnold hatte anteilsvoll und verschüchtert zugehört. Das unruhige, abenteuerlustige Wesen Roberts war dem seinen geradezu entgegengesetzt, und doch glichen sich beide Freunde darin, daß auch Arnold, wenn man es so nennen wollte, mit einem gewissen Leichtsinn von heute auf morgen lebte, träumend hinnahm, was die Stunde brachte, und nicht dazu gekommen war, etwas planmäßig und ausdauernd aufzubauen. Durch die Art seines Freundes noch immer von einer unklaren gemischten Empfindung beengt, entgegnete er jetzt nur, daß er Robert gerne bei sich zu Gaste sehe und ihm, soviel er könne, gewiß in allem beistehen wolle.

Robert gefiel es bei Arnold sehr wohl, und er selbst entfaltete immer liebenswertere Eigenschaften. Wohin er im Städtchen kam, gewann er alle Sympathien. Das offene, zwanglose Wesen des vielgewanderten Mannes erschien nur im Anfange etwas befremdend; später erkannte man darin leicht ein unbefangenes, gerades Herz, und je länger man mit ihm verkehrte, desto mehr gewann man ihn lieb. Das alles galt nur für Johanna nicht. Hatte sie schon im vorhinein der so plötzlich dahergeflogene Gast nicht erfreut, so war nun auch seine Weise gerade dazu angetan, ihr zu mißfallen. Sie duldete es nie, wenn sie Männer nur so obenhin nahmen und als Herren der Schöpfung ihre Überlegenheit wollten blicken lassen; das pflegte aber Robert Frauen gegenüber ganz unwillkürlich zu tun, wenn er auch dabei für Johanna stets die größte Rücksicht zeigte. Dagegen erwachte in Arnold durch Roberts Gegenwart immer mächtiger die alte Jugendzeit, und er verlebte mit ihm selig angeregte Tage. Robert erwies sich in allem besser, als er schien. Neben seinem Leichtsinn wohnte das wärmste Gefühl, und wenn er einen tollen Spaß liebte, so verschloß er sich doch auch nicht ernsteren Eindrücken. Er bat Arnold oft, Musik zu machen, und sagte, er reime selbst noch manchmal ein Gedicht, aber es fehle ihm doch das rechte Talent, und es sei gut, daß er das erkenne; denn so treibe er die Poesie gerade nur bescheiden als Feiertagsarbeit, ohne von der Welt dafür Beifall und Gold zu verlangen. Johanna hatte für Arnolds musikalische Leidenschaft nie eine besondere Sympathie gezeigt, und er vermißte das auch an ihr nicht, denn sie erschien ihm in ihrer Weise vollkommen; nun freute ihn aber doch an seinem Freunde nicht wenig, was ihm sein Weib versagte. Und – wessen er sich gar nicht bewußt wurde – die Trübungen zwischen ihm und Johanna hatten in ihm schon etwas wie eine Sehnsucht nach Erholung geweckt, oder vielmehr diese unvermutete Erholung im Umgange mit einem Gleichfühlenden tat ihm wohl. Einmal ließ sich Robert gegen Arnold gar folgendermaßen aus: »Weißt du, ich war eigentlich doch immer der Meinung, aus dir würde etwas Größeres werden. Dein Talent zur Musik erscheint mir ganz erstaunlich, und vielleicht bist du auch einer, der unter seinem rechten Namen inkognito durch die Welt geht. Ich an deiner Stelle hätte einen ganz andern Lärm gemacht.« Diese Worte hafteten in Arnold, und wenn er jetzt alle seine Werke hervorsuchte, welche er im Verlaufe der Zeit geschaffen, ohne sie irgend einer Seele zu zeigen, so fand er sie noch immer gut und den Gehalt, den er aus seiner innersten Seele hineingelegt, echt und wahr. Vielleicht war da in Tönen die Geschichte seines Innern. Aber was sollte er damit anfangen? Dergleichen war ja nicht da, um für Geld verhandelt zu werden. Indessen erfaßte ihn jetzt doch ein gewisser Künstlerehrgeiz. Wenn man nur sagen wollte, er habe so etwas nicht als unnütze Spielerei gemacht und es sei wert, da zu sein, dann war ja auch sein Leben kein bloßer Müßiggang. Ähnliche Gedanken gingen Arnold durch die Seele, und er schloß sich immer fester und seliger an Robert. Zwei, welche in der Jugend Freundschaft geschlossen, bleiben ja durch den Zauber der Erinnerung stets in einem gegenseitigen Banne, selbst wenn sie sich, was oft genug geschehen mag, sonst als ganz Verwandelte wiederfinden. Und Arnold hatte ja außer seinem Weib und Kinde an Robert den einzigen Menschen, welchem er näher stand. – So entfaltete sich zwischen den Freunden ein inniges Zusammenleben, und sie schweiften miteinander viel in der Umgebung umher. Der sonst so scheue schweigsame Arnold erschloß jetzt gegen Robert seine ganze Seele, und er hielt auch all die Torheiten und Träumereien nicht zurück, für welche er früher kein Ohr fand. Beide beschenkten sich wechselseitig: Arnold trachtete dem unternehmenden, ewig unverzagten Sinne Roberts nach, und dieser ward wieder durch jenen gewissermaßen veredelt, indem er sich gerne seinen stilleren Neigungen fügte und plötzlich alle Sehnsucht nach einem wechselvollen, bewegten Leben verloren zu haben schien.

Johanna betrachtete dieses Verhältnis mit Eifersucht und Mißstimmung; sie fühlte bald heraus, daß darin etwas wie ein Vorwurf gegen sie lag, ohne sich aber dadurch zur rechten Selbsterforschung und Abhilfe leiten zu lassen. Darum sah sie sich zuletzt eben nur als die Vernachlässigte und Gekränkte, und wie dadurch Arnold noch mehr in ihren Augen verlor, so kehrte sie sich immer entschiedener gegen den Fremden, welcher nicht anstand, ihren Mann von seinen Nächsten abzuziehen. Dazu kam, daß dieser Gast schon recht schwer auf dem Hause lastete, denn Arnold war nicht in der Lage, freigebig zu sein. Es kam darüber endlich zwischen dem Ehepaar zu kleinen Erörterungen, und Johanna ließ einige empfindliche Worte fallen. Aber naive, unbefangene Naturen, die gern aller Welt das Liebste erweisen möchten, begreifen auch nicht, wie ihnen jemand eine arglose Freude übelnehmen könne, und so war Arnold von der Art seines Weibes rauh berührt. Daß sie alles aus dem Punkte des Klugen und Nützlichen beurteilte und dies nun auch geltend machte, um ihn von seinem Freunde zu trennen, das erschien ihm unschön, und jetzt zum ersten Male glaubte er ihr in seinen Gedanken ein Unrecht vorhalten zu können. Warum verstand sie ihn denn gar so wenig? War doch er für alle ihre Vorzüge, die oft so ganz außer seinem Wesen lagen, niemals verschlossen, und er erkannte sie mit dankbarem Herzen an.

Die Verstimmung zwischen den Ehegatten, oder eigentlich doch nur die Verstimmung Johannas, hatte auf diese Weise schon einen solchen Grad erreicht, daß ein unbedeutender Zufall, welcher sich jetzt ereignete, genügte, um einen offenen Bruch herbeizuführen. Es kam so: Arnolds stattliches Haus hatte einen Kauflustigen angezogen, der von den bedrängten Verhältnissen des Besitzers gehört haben mochte und sich im Städtchen als Kaufmann niederlassen wollte. Der Mann machte Arnold ein schönes Angebot, und dieser, fast schon in allem gewöhnt, sich zuerst an Robert zu wenden, erzählte ihm von der Sache. Robert hatte nun die mißlichen Umstände Arnolds längst durchschaut (wiewohl sonst die Freunde gerade über diesen Punkt nie ein Wort wechselten), und er hielt auch, da das Gespräch einmal darauf gebracht war, mit dem Rate nicht zurück, daß Arnold gut täte, die günstige Gelegenheit rasch zu ergreifen. Durch den Verkauf des Hauses mit dem Gewölbe stand ein ansehnlicher Überschuß über Arnolds Schulden in Aussicht, welcher ihm, gut angelegt, für alle Fälle ein bescheidenes Dasein sicherte. Arnold taugte ja nicht zum Kaufmanne, und an eine vollkommen erwünschte Schlichtung der Dinge war nicht mehr zu denken; so aber rettete er doch, was zu retten war und kam einer noch schlimmeren Verwirrung zuvor. Das leuchtete Arnold ein. Die Trennung von seinem Vaterhause war für sein Gefühl wohl eine harte Zumutung; aber er dachte jetzt nicht an den Abschied, er sah nur, daß, wie alles lag, der Gedanke vortrefflich war, ja, er erstaunte, nicht schon längst selbst darauf gekommen zu sein; denn nur in dem Fortschleppen eines Geschäftes, das nichts abwarf und er doch immer emporbringen wollte, lag am Ende die Quelle all seines Unglücks. Seine Phantasie malte sich schon aus, wie er sich mit den Seinen irgendwo niederlassen und in einer ihm zusagenderen Tätigkeit ein ganz neues Leben beginnen werde. Er hatte ja doch etwas gelernt und vielleicht konnte ihm sein musikalisches Talent noch Früchte tragen.

Arnold war plötzlich so erfreut und von seinen Gedanken fortgerissen, als hätte man ihm ein rettendes Geschenk ins Haus gelegt. In dieser Stimmung eilte er zu Johanna und setzte ihr seine Absichten auseinander. Aber sein Weib begegnete seinen schönen Hoffnungen mit heftig abweisenden Worten. »Also sollen wir auf die Gasse gesetzt sein?« rief sie erregt. »Das Haus, in welchem du geboren, das deine Eltern mit ihrer schweren Mühe aufgebaut, gibst du so leicht preis? Und wie soll es weiter werden? Was schon fest gegründet war, hast du untergehen lassen, und denkst du nun Neues anzufangen?«

Wenn es Arnold nur verstanden hätte, mit ihr zu rechten! Da sie nicht sogleich auf seine Gedanken einging, hatte er eigentlich gar nichts mehr zu sagen. »Ich glaube, mein Vorschlag ist gut,« erwiderte er sanft, »und Robert, der manches in der Welt erfahren und mich genau kennt, hat mich darauf geführt; wenn du indessen anders denkst, so mag es sein.«

Das war nun eine große Unvorsichtigkeit von dem offenen, arglosen Arnold, in dieser Sache Robert zu erwähnen. Johanna verlor darüber vollends ihre Fassung. »So! von deinem Freunde kommt dir das?« rief sie erzürnt. »Hat er vielleicht auch schon den Plan, was ihr mit den letzten Groschen, die dir noch abfallen, anfangen werdet? Und er kennt dich genau! Das heißt soviel als: ich kenne dich nicht.« Das Weib war durch ihr bloßes Mißtrauen gegen den Fremden und den Gedanken, daß ihr ihr Mann das Letzte, worauf noch ihr Dasein und ihre Freude ruhte, so ohne weiteres wegziehen wollte, schon zum äußersten gebracht; daß Arnold ihrem Widerstande sogleich nachgab, das beachtete sie gar nicht mehr. »Arnold, Arnold!« loderte sie immer heftiger empor, »wir stehen vor einem Abgrunde. Soll unser Kind einst betteln? Freilich, wenn ich es so fortgehen lasse, wird es Zeit genug haben, das noch von uns zu lernen. Deine Gedanken mögen höher gehen als die meinen, aber es gilt zuerst auf einem festen Grunde Fuß zu fassen. Die Anhänglichkeit an das Seine steht jedem wohl, und wehe dir, wenn du, wie dein Freund, am Ende noch die Lust am ziellosen Wandern spüren solltest. Mir gilt das liebe Brot auch nicht als das Höchste, aber ohne das Brot fällt alles auseinander. O, daß du so wenig von meinem Sinne hast! Ich kann es nicht mehr ansehen, und ich glaube, wenn es mich gar nichts anginge, ich ertrüg' es nicht. Arnold, es gilt jetzt für uns einen ernsten Entschluß, und ich sag' es dir grad' und ehrlich heraus: wir müssen auseinander!«

Arnold, der in schmerzlichem Brüten zu Boden gestarrt hatte, schaute jetzt, wie von einem elektrischen Schlage berührt, mit einer zuckenden Bewegung auf.

»Es ist traurig, aber es ist das Beste, ich hab' es bedacht,« sagte Johanna fest, doch milder. »Ich rufe Gott zum Zeugen an, daß ich mich dir in Liebe und mit der guten Zuversicht verbunden, dein Glück zu begründen; ich sehe nun ein, daß ich's nicht kann. Weiß ich doch auch, daß dir mein Wesen, welches so wenig mit dem deinen übereinstimmt, längst schon nur eine fortwährende Beunruhigung ist!«

Arnold war es, als drehte sich mit ihm wankend und zusammenbrechend das All und er versänke schwindelnd in ein erschreckendes dunkles Chaos. Nach einer langen Pause qualvollen Kampfes entgegnete er, äußerlich ruhig: »Ich habe dir nichts zu antworten; in deinem Wunsche liegt schon meine Zustimmung. Wie sollte ich dich gegen deinen Willen bei mir festhalten wollen!«

Johanna atmete auf. Sie fühlte sich wie entlastet, denn trotz ihrer zürnenden Erregung brachte sie das entscheidende Wort, womit sie einen in ihr schon oft aufgetauchten und immer wieder abgewiesenen Gedanken aussprach, zuletzt doch schwer über die Lippe, und sie mußte es ihrer Empfindung abringen. Nun war es vollbracht, was ihr notwendig erschien, vollbracht gegen jede Einsprache des Herzens, und Arnold nahm es immer noch gefaßter, als sie gehofft hatte. »Ich gehe zu meiner Tante und nehme nur mit, was mein ist,« sagte sie sanft, wie um ihn schonend in die neue Lage der Dinge einzuführen. »Wir brauchen auch nicht in Groll zu scheiden und füreinander aus der Welt gestrichen zu sein. Und das schwör' ich dir: keine Mutter kann je aufopfernder für ihr Kind sorgen, als ich für Lina sorgen will.«

Er sah sie mit einem Ungewissen erstaunten Blicke an, dann entgegnete er: »Da du dich von mir trennst, wirst du mich wohl allein für Lina sorgen lassen.«

Nun kam das Staunen an Johanna. »Das Kind geht doch selbstverständlich mit mir?« rief sie, und ihre frühere Erregung wollte wieder über sie kommen. »Warum geh' ich denn? Um ihretwillen zu retten, was mein ist, und, wenn der Allmächtige meine Mühe segnet, für sie noch etwas zu erwerben. Arnold, hast du den Mut, das Kind bei dir behalten zu wollen?«

»So frage mich lieber, ob ich den Mut zu leben habe. Ich gebe um keinen Preis der Welt mein Kind her. Du mußt mich für innerlich arg herabgekommen halten, daß du mir eine solche Zumutung machst. Kurz, Johanna,« schloß er fast entrüstet, »rede mir kein Wort mehr davon!«

Das Weib glühte nun auch erzürnt auf. Sie sah in Arnolds Entschlossenheit nicht so sehr die Liebe des Vaters als vielmehr wieder einen sorglosen Leichtsinn, der das Kind festhielt, ohne die weitere Zukunft zu bedenken. »Arnold,« rief sie, »ein Wort hörst du doch noch: Was ich will, ist recht, das bezeugt mir gewiß jeder, und so sag' ich dir, es wird und muß geschehen!« Und damit verließ sie ihn.

Das geschah nach dem Essen. Gegen Abend entfernte sich Johanna aus dem Hause und kehrte lange nicht zurück. Es ward schon sehr spät; sie kam noch immer nicht. Arnold brachte endlich Lina zu Bette und setzte sich, angstvoll bewegt, in eine Ecke des Zimmers. Er wollte hinaus, um sie zu suchen, um zu forschen, ob ihr kein Unfall zugestoßen sei, aber es bannte ihn das Gefühl fest, daß er da eine andere Lösung zu erwarten habe. Endlich pochte jemand an die Tür des Zimmers. Es war ein kleiner Knabe, welcher einen Brief brachte. Arnold machte Licht. Er erblickte die Handschrift Johannas, Am ganzen Leibe bebend, zerriß er den Umschlag und las:

»Ich bin fort zu meiner Tante und will zu Dir noch schriftlich ruhiger reden, wie ich auch darauf baue, Dich ruhiger zu finden. Verzeihe mir meine Heftigkeit! Ich bereue sie selbst. Es drang auch so vieles auf mich ein. – O man darf darüber nicht nachdenken! – Unser Kind hab' ich Dir nicht entführen wollen; aber ich rufe nun Dich selbst zwischen Dir und mir zum Richter an und ich weiß, Du wirst Dich in das Notwendige fügen. Sende mir Lina oder sage mir, wann ich sie abholen kann. Arnold, es wäre zu traurig, wenn wir uns feindlich gegenübertreten müßten; denn Du weißt ja wohl, daß ich mir durch das Gericht erzwingen könnte, was Du mir etwa, wider jede bessere Einsicht, nicht gewähren wolltest. Nochmals: verschließe Dich nicht dem Unabweislichen und glaube, daß ich selbst unter all dem genug schwer leide.«

Arnold ließ schlaff die Arme sinken, und das Papier entglitt seinen Fingern, während sein Auge starr am Boden haftete. Er hatte ja das alles bis jetzt doch nicht glauben können. Da sprang er plötzlich auf, ergriff die Lampe und hielt sie über das schlafende Kind. Ein himmlischer Friede war über das kleine rosige Gesichtchen ausgegossen. Da lag es selig, ahnungslos. Er schaute lange, lange, als wollte er den Genius des unschuldigen Geschöpfes auf sich wirken lassen und aus diesen Zügen Trost und Stärkung schöpfen.

Es war eine unsäglich bange, schlaflose Nacht, welche er verbrachte. Als den andern Morgen Lina erwachte, rief sie sogleich nach dem Vater, hing sich begehrlich an ihn und schien die Mutter gar nicht zu vermissen. »Das Kind hat zwischen uns gerichtet!« rief er jetzt aus seinen Gedanken heraus, als wollte er über allen Raum weg zu Johanna hinübersprechen, und ein Strom von Tränen brach aus seinen Augen. »Ja, du bleibst bei mir!« wandte er sich zu der Kleinen und umschlang sie und herzte sie wieder und wieder. Jetzt kleidete er sie an und ging mit ihr hinaus durch den Garten den Hügel hinan, welcher dahinter lag. – Sein Freund schlief noch. – Ein golden klarer Tag war angebrochen; rings funkelte der Tau, und leise Rauchwolken, den Schloten einzelner Häuser entsteigend, zerflatterten in der durchsichtigen Luft. O, wie eigen bang bewegt das Weben der taufrischen, sonnigen Frühe, das stillselige Aufatmen der Natur, wenn sich das Herz nicht auch so selig dehnen und all der Herrlichkeit rings hingeben kann! Arnold setzte sich nieder; Lina spielte vor ihm. Er überdachte die Zeit, wo er um Johanna geworben, jene überglücklichen Tage, die in ihm noch immer gleich lebendig waren. Hatte sie ihn denn nicht geliebt? Ja, ja! er sah es in tausend Zeichen; aber jetzt liebte sie ihn nicht mehr, wie hätte sie ihn sonst verlassen können! Ach, müssen gewisse Gefühle nicht ewig sein? Oder worin ist der Mensch vor anderen Geschöpfen begnadet? Ein unsägliches Weh erfaßte ihn, ein Weh, ganz neu und ungekannt, denn bis zu dieser Stunde empfing er ja doch jeden Schlag des Schicksals harmlos wie ein Kind, und er ließ ihm keine Last quälender Gedanken zurück, jetzt aber gingen ihm die Augen auf, und er sagte sich, wenn er auch sein schweres Los ergeben tragen wollte, das Geschehene bliebe ja doch da als ein Fleck in der Schöpfung. Er wandte den Blick von sich auf das Allgemeine und fand sich vor der beklemmenden Frage, ob denn das Dasein überhaupt schön und wert sei? So versank er in eine tiefe Trostlosigkeit. Aber in seiner schwersten Bedrängnis kam ihm zuletzt eine wunderbare Kraft. Mit der Erkenntnis, daß das Leben hart und bange sei, fand er auch sich selbst. Du warst bis zu dieser Stunde ein Träumer! rief er sich zu; erwache, bevor du träumend untergehst! Da dich alles verläßt, suche deine Rettung in deiner eigenen Brust. Die unerbittlich waltenden Mächte über dir mögen dich einen Augenblick verwirren, und du bist gegen sie nichts; aber du darfst doch nicht verzweifeln und mußt bis zum letzten Atemzuge ehrlich kämpfen. Es gilt ja kein vermessenes Ertrotzen von Gaben, welche dir der Himmel vorenthält, es gilt nur ein bewußtes festes Einstehen für dein Selbst, es gilt den ernsten Drang, dich nach deinem Vermögen zu betätigen; dadurch erst wird dein Leben, wie es immer ausfalle, zu einem menschenwürdigen, vollen Schicksal. Und hast du auch vielleicht dein Bestes schon unwiderruflich versäumt, in irgend einer Weise kannst du dich immer geltend machen, wie es ja jeder kann, und damit ist's genug! – Als jetzt Arnold die spielende Lina betrachtete, erkannte er, daß das, was andere trieb, sich zu regen und das Nächste zu fassen, wo sie's redlich fassen konnten, doch im Innersten echt und gesund sei. Ja, es gilt, gleich dem Baume, in der schweren dunklen Erde zu wurzeln; wem es vergönnt ist, der mag dann seine Blüten in das Licht entfalten! Er wollte sich nun auch zusammenraffen; wie in einem edlen Trotze gegen sein Weib wollte er zeigen, daß auch er arbeiten könne und ein Recht auf sein Kind habe. Niemand sollte ihn einen sorglosen Vater schelten und ihm seinen letzten Schatz entreißen dürfen. Das gelobte er mit einem stummen Schwur. So brachte das Unglück Arnolds für sein

Inneres eine entschiedene Wandlung, und erst diese Stunde entwickelte in ihm den vollen ethischen Ernst.

Wundersam erhoben und erleichtert kehrte er mit seinem Kinde nach Hause zurück. Sein Freund kam ihm im Hofe entgegen, und Arnold erzählte ihm alles.

Das fiel nun Robert schwer aufs Herz. Er konnte wohl längst bemerken, daß er zwischen den Ehegatten wider Willen ein entzweiendes Element war; aber er hatte sich das doch nicht so arg vorgestellt und die glücklichen Tage gedankenlos dahingelebt: jetzt plötzlich kam er zur Besinnung, und jedes längere Verweilen erschien ihm als eine Gewissenlosigkeit. »So breche ich denn mein Zelt ab und wandere wieder weiter!« sagte er rasch entschlossen. »Es ist mir nur schmerzlich, daß ich dir ein solches Ungemach bereitet habe. Nun, ich hoffe, deine Frau kehrt zurück, sobald ich fort bin.« Es überkam ihn jetzt eine eigene Rührung, und sein Auge wurde feucht. »Mich dünkt, wir zwei sind mit unserer Traumverlorenheit schon rechte Unglücksvögel.« Und er drückte Arnold schmerzlich zuckend die Hand. Aber das war nur ein Augenblick, und er schloß wieder in seiner alten Weise: »Ich wünsche dir nur, daß du, wenn es sein muß, so gefaßt und munter scheiterst wie ich!«

Arnold vernahm Roberts Entschluß mit Schmerz und Befriedigung zugleich. Ach, er hätte ihn ja jetzt um so lieber bei sich festgehalten; aber Johanna sollte auch in der Ferne nicht den leisesten Grund zu einer Anklage wider ihn haben und sein neuer Lebensplan erheischte durchaus die Trennung von dem Freunde.

Robert war bald reisefertig. Er wollte seinen Weg in die Residenz fortsetzen und empfing noch zu guter Letzt von Arnold ebenso unbefangen das Reisegeld, wie es ihm dieser mit aufrichtigem Herzen anbot, obgleich es fast seine letzte Barschaft war. – Das gab nun für beide einen gar schweren Abschied.

Der so plötzlich ganz vereinsamte Arnold hielt sich tapfer aufrecht und sah sogleich zu, um über sein neues Leben ins klare zu kommen. Zuerst schrieb er an Johanna, die unweit in einer kleinen Stadt weilte. Er zeigte ihr an, daß er Lina in keinem Falle herausgebe, daß Robert abgereist sei und er es ihr übrigens nicht verwehre, zu ihm zurückzukehren. Sein Brief war durchaus in würdiger Zurückhaltung und ohne jedes dringende Flehen abgefaßt. Hierauf kam die Antwort, Johanna könne nicht mehr aufzurichten versuchen, was sie schon hoffnungslos aufgegeben, und da er ihr Lina vorenthalte, so werde sie, wie schwer es ihr auch falle, sogleich die nötigen Schritte tun, um beim Gericht durchzusetzen, was ihr gutes Recht sei und ihr die Pflicht gegen ihr Kind gebiete. – Arnold hatte, wie er nun sein Weib kannte, kaum anderes erwartet und dachte weiter. Der Verkauf seines Hauses erschien ihm jetzt, da er allein war, um so notwendiger, und er wollte ihn unverzüglich einleiten; aber da gab es einen schlimmen Anstand: der Käufer, auf welchen er rechnete, war inzwischen anderen Sinnes geworden. Man hatte dem Manne eingeflüstert, daß er, wenn er nur warten könne, später für einen Spottpreis erstehen werde, was er jetzt doch annähernd nach seinem vollen Werte bezahlen sollte. – Diese Wendung war für Arnold ein arger Stoß und er glaubte schon wieder in seine alte Verzweiflung zurückzusinken. Was sollte er mit dem Gewölbe beginnen, das er seinerseits jedenfalls aufgeben wollte? Und wie sollte er über seine freilich kleinen Bedürfnisse noch soviel erwerben, um fortwährend die zehrenden Gläubiger zu befriedigen? Aber wenn ihm auch einen Augenblick schwindelte, er faßte sich schnell wieder. Er verkaufte – freilich mit großem Verluste – seine Warenvorräte und sperrte sein Gewölbe zu, um es bei guter Gelegenheit zu vermieten, was er auch mit den übrigen Räumen des Hauses tun wollte. Für sich und Lina behielt er nur ein Zimmer und ein Kämmerchen, und eine alte Magd, die schon seit langen Jahren im Hause war, sollte ihm die nötigsten Dienste leisten. Sein Klavier ward aus dem stattlichen Zimmer, wo es bis jetzt stand, in seine neue Wohnung getragen und die Violine aus dem Kasten hervorgeholt. – Nun war es bald an allen Straßenecken des Städtchens in großer Schrift zu lesen, daß sich Arnold Frank für ein Billiges zum Klavier- und Violinunterricht anbiete. Aber er fand im Anfange fast gar keine Beschäftigung und auch hier ward ihm seine Vergangenheit zum Fluche. Da Arnold einst ein so angesehener Bürger war, hatte jeder eine gewisse Scheu, ihn nun als Lehrer und gewissermaßen Diener im Hause zu empfangen, und wenn man auch zu seiner Kenntnis Zutrauen hatte, so zweifelte man doch an seinem gewissenhaften Fleiße. Erst nach und nach, da seine Anspruchslosigkeit und Bescheidenheit in seiner neuen Stellung bekannt wurde und die Erfolge seiner Schüler für ihn sprachen, ward er mehr gesucht; aber nun stellte sich ein anderes Übel ein: man sündigte auf seine bedrängte Lage und seine Güte. Jeder schraubte das Honorar auf das Niederste herab, und mancher stand vollends nicht an, unpünktlich oder gar nicht die Zahlungen zu leisten; er wußte ja, daß auch der so herabgekommene Arnold nicht der Mann war, darüber ein helles Geschrei anzufangen. So erwarb sich Arnold durch den Musikunterricht doch allzuwenig und er trat auch für ein paar Gulden in das Amt eines Gemeindeschreibers ein. Ergab sich zwischendurch etwas, was einen kleinen Verdienst abwarf, so griff er ebenfalls begierig zu. O du wundersame Natur! Du hast dir dein schönes Erbe nicht erhalten und ringst nun mühselig, um ein Paar Groschen zu erwerben; du hast einst deiner Leute Arbeit nicht überwacht und tust nun doch gern selbst das Lästigste und läufst z. B. unermüdlich als Leichenbitter von Haus zu Haus; du hast in deinem eigenen Gewölbe die Käufer nicht anzulocken gewußt, aber bei der Versteigerung eines Nachlasses, zu welcher man um ein Bescheidenes deine Dienste haben kann, legst du sorgsam und gefällig alle Sachen aus, damit ja die Kauflust rege werde. Und in welch eifriger Bewegung bist du heute, da eine durchziehende Schauspielertruppe für ihre Vorstellungen der Musik bedarf! Du stellst schnell ein kleines Orchester zusammen und streichst bis in die tiefe Nacht als Kapellmeister deine Violine, daß dir der Schweiß über die Stirne rinnt, ganz ungewiß, ob du auch nur den geringsten Lohn erhältst; denn schon morgen vielleicht zieht das leichte Völkchen wieder weiter und läßt nur Schulden zurück. Und wie du dich, der du noch immer gern dein Letztes für einen andern hingibst, tapfer in den rührendsten Egoismus hineinlügst und selig bist, wenn du den kleinsten Erwerb einstreichen und dabei rufen kannst: »Das hab' ich verdient! Das gehört mir! Ich kann doch etwas!«

Arnold Frank ward allgemach zu einer Charakterfigur im Städtchen. Groß und klein wandte sich mit besonderen Anliegen an ihn, und wenn er die Straße dahergeschritten kam, grüßte er jeden schon von weitem ergeben und mit einer eigenen Wehmut lächelnd. Der Mann war jetzt auf den ersten Blick gar nicht mehr zu erkennen. Obwohl nach seinen Jahren im schönsten Mannesalter, hatte er schon fast ganz weiße Haare, und sein äußerer Aufzug sah recht dürftig aus. Ein alter fadenscheiniger Sammetrock, eine gleiche Weste und ein Beinkleid, dessen Farbe sich nicht mehr genau feststellen ließ, das war seine Bekleidung. Aber unter dem vielfach eingedrückten schwarzen Filzhut erblickte man noch immer ein helles, edles Antlitz, aus welchem sich die schöne Adlernase gar stolz heraushob, und noch immer war jeder mächtig ergriffen, der dieses träumerische Auge verstand und sich hineinversenkte. – Wenn übrigens Arnold in seiner äußeren Erscheinung nicht allzu sorgfältig sein konnte, so sah er darin um so mehr auf Lina, die nun im sechsten Jahre war. Das Kind erschien immer in höchst reinlichen zierlichen Kleidchen; dafür sparte sich der Vater, wenn es sein mußte, das Nötige vom Munde weg. Und er sorgte dabei in allem gleich gewissenhaft für die Kleine; zwischen ihr und seiner Arbeit teilte er sein Leben. – Wer Arnold nicht genauer kannte, hätte ihn jetzt – so bang das Weh an seinem innersten Herzen nagte – für zufrieden gehalten, und vielleicht wäre er auch noch über die Vergangenheit weg zu einer gefaßten Resignation gelangt, wenn er nur einen freien, heitern Ausblick in die Zukunft gehabt hätte. Aber da erschreckte ihn stets die bängste Sorge, die für seine edle Natur doppelt lähmende, ganz gemeine Sorge um die Fristung des Daseins. Er brachte sich mit seinem Kinde wohl gut fort, die Zinsen für die Gläubiger konnte er jedoch mit aller Mühe nur unregelmäßig erschwingen und es kamen kleine Anstände vor. Jetzt zum ersten Male verstand er so ganz die Drohung, die in einem solchen Verhältnisse lag, und eine schwere Beängstigung erfaßte ihn bei dem Gedanken an das Unheil, das erst noch kommen konnte. Jetzt, wo er sich aufgerafft, um alles Menschenmögliche einzusetzen, sollte er sich nicht behaupten können? – Er rang und rang mit beharrlichem Aufgebot seiner ganzen Kraft; aber die Anstände wiederholten sich, und die Gläubiger wurden immer ungeduldiger: wehe ihm, wenn all seine Anstrengung zuletzt doch eine verlorene wäre!

Es war an einem Herbstnachmittage. Arnold hämmerte und besserte im Holzschuppen seines Hauses an einem Wägelchen der kleinen Lina, während das Kind in einer Ecke des Hofes mit der

Puppe spielte. Das Haus Arnolds sah jetzt schon recht verfallen aus; wo die pflegende Hand fehlt, wird dies sogleich bemerkbar. Die hölzerne Freitreppe, welche an der einen Seite auf den Boden führte, war halb zerbrochen und nur mehr mit Gefahr zu besteigen; das Dach zeigte manche Lücke, und von der verwitterten ungetünchten Mauer bröckelte an vielen Stellen der Mörtel ab. Wäre ihm das noch so schwer aufs Herz gefallen, er hätte es nicht ändern können: es fehlten die Mittel. Aber es ging ihm nicht einmal so nahe. – In allem, was den inneren Menschen betraf, von der ängstlichsten Genauigkeit, im Sittlichen von der fleckenlosesten Reinheit, war er durch äußere Unordnung nicht besonders gestört. Ein fortwährendes Flicken und sorgliches Herausputzen lag nicht in seiner Art. Vieles bemerkte er gar nicht, und fiel ein Ziegel vom Dache, so räumte er ihn einfach weg. Aber er konnte oft stundenlang an einem Spielzeug der kleinen Lina emsig arbeiten; denn er wußte, daß er ihr damit eine Freude machte. Darin offenbarte er ein Stück des alten Träumers, der, das Nützliche vergessend, nur stets den Augenblick verschönen wollte. – Da sein Haus jetzt in so üblem Zustande war, wurde es auch nur von armen Leuten bewohnt, welche wenig Miete bezahlten. Wer bei niemand mehr unterkommen konnte, der fand noch für ein Geringes bei Arnold ein kleines Kämmerchen, und allgemach siedelte sich bei ihm ein ganzes Völkchen von Taglöhnern mit Weibern und Kindern an, die für die säuberliche Erhaltung der Wohnräume auch nicht förderlich waren und seinem Hause den Namen »Armenhaus« einbrachten. Nun, das konnte ihm kein Schimpf sein, und die mit der Not kämpfenden Armen verehrten ihn als ihren Wohltäter. Freilich, den wohlhabenderen Bürgern des Städtchens, deren Häuser stets blank und reinlich dastanden, war dieser Verfall seines letzten Besitzes das einzige, was sie ihm trotz ihrer Teilnahme – oder vielleicht gerade aus Teilnahme – an seinem Mißgeschicke noch fortwährend übelnahmen, und mancher, der vorüberging, schüttelte den Kopf und murmelte in Gedanken an die frühere Zeit, halb schmerzlich, halb ärgerlich: »Wie da jetzt alles aussieht! Das nimmt ein schlimmes Ende!«

Ach, für Arnold nahm es auch ein recht schlimmes Ende! Heute erschien bei ihm der Gerichtsbote mit einer Schrift. Der wenig feine, aber biedere Mann, welcher mit Arnold oft amtlich zu verkehren hatte, mußte wohl um den Inhalt wissen, denn er traute sich kaum damit hervor, als er jetzt neben Arnold stand und dieser von seiner Arbeit aufsah. »Da hab' ich etwas für Sie!« stotterte endlich der Angekommene. »Ach, die Menschen haben kein Herz! Wenn Sie nur wüßten, wie es uns allen leid tut!«

Arnold nahm ihm mit einem ungewissen Blicke die Schrift aus der Hand und überflog sie. Jetzt zuckte er schmerzlich zusammen. Es war die gerichtliche Anordnung der Feilbietung von Arnolds Besitz. Die Gläubiger, in jüngster Zeit wieder nicht ganz befriedigt, hatten diesen Gerichtsbeschluß erwirkt. Ja, sie hatten kein Herz, und doch waren sie nicht einmal so sehr zu verdammen; denn sein Haus wurde ja täglich mehr entwertet, und es konnte sie immerhin die Furcht beschleichen, daß sie am Ende mit ihren Forderungen gar nicht mehr gedeckt seien. So hatte Arnold bei aller Unschuld doch wieder in gewissem Grade selbst dieses neue Verhängnis herbeigeführt.

Nach einer kurzen bangen Pause kämpfte er seine Bewegung nieder und sagte, indem er die Schrift in die Tasche steckte: »Ich danke Ihnen! Man muß es ertragen,«

»Es war mir ein schwerer Gang, Herr Frank. Nichts für ungut!« Und der Gerichtsdiener entfernte sich, von sichtlicher Teilnahme ergriffen.

Kurze Zeit danach wurde Arnolds Besitz um einen Spottpreis verschleudert, und für ihn fiel nicht ein Heller ab.

So war er nun ohne Obdach, ein Bettler. Zuerst bemächtigte sich seiner eine gewaltige innere Wut. Er kam sich wie ein Bestohlener, wie ein Wehrloser vor, den lauter gierige Verfolger umlauern. Was tat er denn, daß man ihm nach und nach alles nahm und unerbittlich von dem letzten Fleckchen weghetzte, das noch sein war? War aber das alles nach anerkanntem Rechte geschehen, dann um so schlimmer! Arnold befand sich nicht in der Stimmung, sich den Fall nüchtern auseinanderzusetzen, er sagte sich nur, daß er nichts verschuldet, und ob nun das Üble auf diesem oder jenem Wege über ihn hereinbrach, er hatte es nicht verdient und lehnte sich dagegen auf. Und worüber er am meisten erschrak, das war der Gedanke, daß nun sein Weib, deren Ansprüche er bis jetzt mit Glück zurückgewiesen hatte, einen gewichtigen Grund mehr beibringen konnte, um Lina für sich zu fordern. Ach, dieses Kind war ja noch sein alles!

Und doch – welches Geschick erwartete es bei ihm? Durfte er es noch länger an sich fesseln? Seine Pulse stockten, da er sich nun selbst diese Frage stellte und sie nicht mehr als toll abweisen konnte. Er stand vor einer schrecklichen Entscheidung; seine Gedanken verwirrten sich und ein wahnsinniger Mut, welcher plötzlich in ihm aufflammte, wollte ihn zu einem raschen, gewaltsamen Ende treiben. – So verharrte er stundenlang in den qualvollsten Kämpfen. – Dann trieb es ihn, wie immer, wenn ein allzu großes Wehe sein Herz belastete, ins Freie. Aus dem Zimmer hinaus schritt er durch den Garten weiter die Felder entlang. – Es war ein trüber, herber Novemberabend. Die untergehende Sonne offenbarte sich nur durch die am westlichen Horizonte heller erleuchteten Wolken, welche in einem bunten Farbenchaos übereinander getürmt waren, und von Norden her strich ein kühler, frostiger Windhauch. Rechts und links von seinem Pfade lag das Land, welches einst ihm gehörte. Die aufgegangene Wintersaat machte es zu einem grünen Rasen, der wundersam frisch gegen den herbstlichen fahlen Farbenton der umliegenden Landschaft abstach. Es war wie ein Zeichen der ewigen Erneuerung in dem melancholischen, trostlosen Sterben ringsumher, und so sehr das Bild, welches die Natur im ganzen bot, zu der todesbangen Stimmung in seinem Innern paßte, eine heimliche Regung sagte ihm jetzt, daß da draußen in der weiten Runde vielleicht doch manche Stelle sei, wo ein müdes, verlassenes Herz ankern könne. Aber wem ist es beschieden, sie zu finden? Der Punkt, wo er jetzt für allen Drang und alle Qual die Ausgleichung ahnte, lag ihm doch über dem einzelnen Menschenschicksal. Tritt in einen wimmelnden Ameisenhaufen! Du weihst damit Hunderte dem Untergange, wahllos, wie eben dein Fuß den tödlichen Druck übt; aber komm nach einiger Zeit wieder: der Haufen steht wohlgebaut da, und unzählige Tierchen tummeln sich geschäftig, als hättest du ihn nie berührt. So ist's! so ist's! Und daß er zu den Zertretenen gehörte, wie durfte er darüber klagen? Die Ordnung im Weltganzen kann kein Verzweifelnder hinausleugnen, und eben diese Ordnung verlangt, daß der einzelne gefaßt den Untergang ertrage. Was an ihm mißlang, wird an einem andern zur Entfaltung kommen. – Wie er sich einst zum Ausharren ermuntert, wie er einst für die Behauptung seines Selbst gekämpft, so erschien es ihm jetzt nur schwach, sich an ein verlorenes Dasein zu klammern; er hätte rasch aus der Welt verschwinden mögen, ohne bei jemand eine Erinnerung zurückzulassen, als wäre er nie gewesen; er empfand über sein Leben eine Art Scham, es erschien ihm wie ein Irrtum der treibenden Natur, der schleunig ausgelöscht werden mußte. Daß ihm darüber nicht die Entscheidung zukam, daß jeder den vernichtenden Schlag wohl gefaßt empfangen, aber nicht selbst gegen sich führen soll: zu diesem Lichte konnte er sich aus dem verwirrenden Dunkel, das ihn umgab, nicht emporringen. Aber er hatte sich über jedes kleine Klagen und Jammern erhoben, er war ruhig und fand in den Entschlüssen, welche seine Seele in dieser Stunde faßte, eine gewisse Versöhnung: das nahm er für die Gewähr, daß sie auch die rechten waren. – Es lag schon tiefes Dunkel über der Landschaft, als er nach Hause zurückkehrte.

Den andern Tag ging er mit der kleinen Lina zum Photographen des Städtchens, um das Bild des Kindes anfertigen zu lassen. – Während der Mann in dem dunkeln Kämmerchen hantierte, griff Arnold rasch nach dem Glastiegel mit jenem verhängnisvollen chemischen Präparat, das für den flüchtigen Blick wie Zucker aussteht. Er nahm ein Stück heraus, verbarg es und stellte den Tiegel wieder an seinen Platz. Der Himmel verzeihe mir diesen Diebstahl! dachte er bei sich. – Linas Bild gelang recht gut, und sie sah darauf gar selig unbefangen in die Welt hinaus.

In den nächsten Tagen ordnete Arnold den Besitz Linas. Sie hatte eine Menge gar schöner Kleidchen und Röckchen, Spielereien und viele andere Dinge. Alles wurde sorglich verpackt. Dann bat Arnold einen befreundeten Bürger, er möge das Kind mit den Sachen zur Mutter bringen. Dieser sagte gern zu, und Arnold schrieb für Johanna noch den folgenden Brief:

»Ohne den Ausgang des Streites abzuwarten, den Du um Lina mit mir führst, sende ich Dir das Kind freiwillig. Du wirst für sie mehr tun können als ich; Du wirst sie besser das Leben beherrschen lehren, das sehe ich jetzt ein. – Vergebens rang ich nach einer Befestigung meines Daseins; es war schon zu spät, das Schicksal hat mir nicht mehr Zeit gelassen, und vielleicht taugte ich auch nimmermehr in die Welt. Mißverstehe diese letzten Worte nicht; sie sollen nur Dir recht geben und mich ermahnen, daß ich das Bange und Ungeheuere, wozu ich gedrängt bin, ohne die leiseste Verbitterung des Herzens vollbringe.

Die Schmerzen, die Du durch mich erfahren, wirst Du dem Dahingegangenen verzeihen, und wolltest Du Dich unter dem Eindrucke einer Tat, für die ich keinen Mitschuldigen vor den Richterstuhl des Allmächtigen fordere, dennoch selbst anklagen, so blicke auf unser Kind und fasse Dich: hier kannst Du alles gut machen, was Du etwa mir gegenüber bereust. Wache über das unschuldige Geschöpf, und des Himmels Segen begleite Euch beide! – Dein Arnold.«

Eines Nachmittags trennte sich nun Arnold von seinem Kinde und ließ es dahinfahren zur Mutter; unter welchen Schmerzen, dies ahne ein fühlendes Herz!

Den Abend darauf saß Arnold länger, als er pflegte, am Klavier. Bald in mächtig brausenden, bald in leise klagenden Tönen scholl es hinaus in die herbstliche Landschaft; das war ein anschwellendes Stürmen und verzitterndes Säuseln, so schaurig wild und so melodisch süß, daß es wohl wert gewesen wäre, für immer festgehalten zu werden; aber es verhallte spurlos in den Lüften wie die Schreie und Seufzer eines einsamen hoffnungslosen Menschenherzens. – Man konnte heute von draußen sehr lange Licht in seinem Zimmer sehen.

Als am andern Morgen die alte Magd bei Arnold eintrat, fuhr sie entsetzt zurück: da lag er tot auf dem Boden. Zitternd vor Schreck und wehklagend rief das Weib Leute herbei. Auf einem Tische neben der Leiche fand man ein leeres Glas, das noch einen trüben Bodensatz enthielt, und daneben lagen das Bildnis Linas und ein Blatt Papier, auf welchem Arnold noch über seinen Nachlaß verfügte und namentlich auch die alte Magd für ihre getreuen Dienste bedachte. – Bald darauf stürzte Johanna herein. Sie war nach dem Empfang von Arnolds Brief in der größten Seelenangst sogleich hieher aufgebrochen. Ach, keine Verzweiflung vermochte ungeschehen zu machen, was sie unter dem unerbittlichem Gebote ihrer Natur getan!

Armer, unglücklicher Arnold Frank! Dir möchte ich diese Grabschrift auf deinen Leichenstein setzen: Hier ruht einer, er war mäßig und genügsam, und hat doch all seine Habe vertan; er war gut und hilfreich, und hat doch über seine Liebsten nur Kummer gebracht; er war von edelstem Geist und Herzen, und hat in der Welt doch

keinen Raum finden können. Der du seinem Grabe nahst und diese
Worte liesest, verweile sinnend und weihe dem Modernden eine
Träne!

Über tredition

Eigenes Buch veröffentlichen

tredition wurde 2006 in Hamburg gegründet und hat seither mehrere tausend Buchtitel veröffentlicht. Autoren veröffentlichen in wenigen leichten Schritten gedruckte Bücher, e-Books und audio-Books. tredition hat das Ziel, die beste und fairste Veröffentlichungsmöglichkeit für Autoren zu bieten.

tredition wurde mit der Erkenntnis gegründet, dass nur etwa jedes 200. bei Verlagen eingereichte Manuskript veröffentlicht wird. Dabei hat jedes Buch seinen Markt, also seine Leser. tredition sorgt dafür, dass für jedes Buch die Leserschaft auch erreicht wird.

Im einzigartigen Literatur-Netzwerk von tredition bieten zahlreiche Literatur-Partner (das sind Lektoren, Übersetzer, Hörbuchsprecher und Illustratoren) ihre Dienstleistung an, um Manuskripte zu verbessern oder die Vielfalt zu erhöhen. Autoren vereinbaren direkt mit den Literatur-Partnern die Konditionen ihrer Zusammenarbeit und partizipieren gemeinsam am Erfolg des Buches.

Das gesamte Verlagsprogramm von tredition ist bei allen stationären Buchhandlungen und Online-Buchhändlern wie z. B. Amazon erhältlich. e-Books stehen bei den führenden Online-Portalen (z. B. iBookstore von Apple oder Kindle von Amazon) zum Verkauf.

Einfach leicht ein Buch veröffentlichen: **www.tredition.de**

Eigene Buchreihe oder eigenen Verlag gründen

Seit 2009 bietet tredition sein Verlagskonzept auch als sogenanntes "White-Label" an. Das bedeutet, dass andere Unternehmen, Institutionen und Personen risikofrei und unkompliziert selbst zum Herausgeber von Büchern und Buchreihen unter eigener Marke werden können. tredition übernimmt dabei das komplette Herstellungs- und Distributionsrisiko.

Zahlreiche Zeitschriften-, Zeitungs- und Buchverlage, Universitäten, Forschungseinrichtungen u.v.m. nutzen diese Dienstleistung von tredition, um unter eigener Marke ohne Risiko Bücher zu verlegen.

Alle Informationen im Internet: **www.tredition.de/fuer-verlage**

tredition wurde mit mehreren Innovationspreisen ausgezeichnet, u. a. mit dem Webfuture Award und dem Innovationspreis der Buch Digitale.

tredition ist Mitglied im Börsenverein des Deutschen Buchhandels.

Dieses Werk elektronisch lesen

Dieses Werk ist Teil der Gutenberg-DE Edition DVD. Diese enthält das komplette Archiv des Projekt Gutenberg-DE. Die DVD ist im Internet erhältlich auf **http://gutenbergshop.abc.de**